ときめきの丘で

ベティ・ニールズ 作

駒月雅子 訳

ハーレクイン・ロマンス

東京・ロンドン・トロント・パリ・ニューヨーク・アムステルダム
ハンブルク・ストックホルム・ミラノ・シドニー・マドリッド・ワルシャワ
ブダペスト・リオデジャネイロ・ルクセンブルク・フリブール・ムンバイ

A GOOD WIFE

by Betty Neels

Published by Harlequin Japan,
a Division of K.K. HarperCollins Japan, 2024

ベティ・ニールズ

イギリス南西部デボン州で子供時代と青春時代を過ごした後、看護師と助産師の教育を受けた。戦争中に従軍看護師として働いていたとき、オランダ人男性と知り合って結婚。以後 14 年間、夫の故郷オランダに住み、病院で働いた。イギリスに戻って仕事を退いた後、よいロマンス小説がないと嘆く女性の声を地元の図書館で耳にし、執筆を決意した。1969 年『赤毛のアデレイド』を発表して作家活動に入る。穏やかで静かな、優しい作風が多くのファンを魅了した。2001 年 6 月、惜しまれつつ永眠。

主要登場人物

セリーナ・ライトフット……家事手伝い。
ヘンリー・ライトフット……セリーナの長兄。弁護士。
マシュー・ライトフット……セリーナの次兄。副牧師。
グレゴリー・プラット……セリーナの婚約者的存在。弁護士。
イーフォ・ファンドーレン……整形外科医。
ミス・グローバー……イーフォの元ナニー。
クリスティーナ・ブラント……イーフォの仕事仲間の妻。
バワリング医師……イーフォの親友。セリーナの父の元主治医。
レイチェル・フィンケ……イーフォの知人。

1

四月の陽光に目覚めたセリーナ・ライトフットは、ベッドであおむけになったまま天井を見つめた。今日は私の二十六歳の誕生日。といっても、いつもと何が変わるわけでもない。父親は完全に忘れているだろうし、事務弁護士をしている上の兄のヘンリーは自分の家族にしか興味がない。でも遠くで副牧師として暮らす新婚の兄のマシューなら、カードくらいは送ってくれるだろう。もちろん結婚を前提におつき合いしているグレゴリーからも……。

セリーナはベッドを出て窓辺へ行き、ドーセットののどかな風景を心ゆくまで眺めた。幹線道路から離れた小さな森の陰にひっそりとたたずむ村、それを囲むなだらかな丘、遠くまで広がる静かな田園。教会の時計が七時を打った。セリーナは急いで着替えをすませ、朝のお茶の用意のため階下のキッチンへ向かった。

ただ大きいだけの時代遅れのキッチンだ。傷だらけの木のテーブルといかついデザインの椅子、旧式のガス台に深いシンク、作りつけの食器棚。すりきれたラグに二脚のウインザーチェアが置かれ、その片方に小さなしま猫が座っている。セリーナは猫におはようと言い、やかんを火にかけた。冷蔵庫のモーターが突然大きくうなりだした。このところしょっちゅうだ。そろそろ買い替えの時期だろう。

沸騰したやかんの火を止め、郵便物を取りに玄関へ行った。封書が何通か来ていた。全部私あてだったらいいのに、とひそかに思う。法律事務所からの通知やカタログ、請求書などにまじり、バースデーカードが二通あった。でもグレゴリーからのものはない。なかば予想していたことだ。誕生祝いは金の無駄使いだ、と日ごろから言っている人だから。グレゴリーは大の倹約家で、そこがセリーナの父親や兄たちに気に入られている。でも結婚したら少しは変わるかもしれない。セリーナは漠然とそう期待していた。

キッチンへ戻ってお茶をいれ、猫にミルクを与えたところで七時半になった。セリーナはお茶のトレイを持って父親の部屋へ上がっていった。

重量感の漂う古めかしい家具の置かれた広々した室内は、分厚いカーテンに朝日をさえぎられていた。セリーナは薄暗い部屋を横切り、カーテンを半分開け、ベッドに寝ている父親を振り返った。

ミスター・ライトフットは顎ひげをたくわえた風《ふう》貌《ぼう》といい態度といい、部屋の雰囲気にぴったりの後期ヴィクトリア時代風だ。彼はものも言わず起き上がり、セリーナの朝の挨拶《あいさつ》にむっつりと答えた。

「朝を迎えてどこが愉快なものか。眠れぬ夜を明かした私にとっては太陽など一時の慰めにすぎん」

セリーナはトレイを置き、父親に郵便物を渡した。彼が昨夜も家中に響く高いびきで寝ていたことには触れずにおいた。長年培った教訓から、父の不平不満は聞き流すことにしている。代わりにこう言った。

「今日は私の誕生日よ、お父様」

父親は郵便物を開封しながら答えた。「ほう、そうかね。それよりガス会社がまたしても請求書を送ってよこした。不注意にもほどがある」

「前月分をまだ支払ってなかったのね、きっと」

「ばかを言うんじゃない、セリーナ。私はつねに迅速な支払いを心がけている」

「だけど、うっかりすることはあるでしょう?」セリーナはそう言って部屋を出た。母はあんな偏屈な夫によく我慢できたものだ。何度考えても不思議でならない。掃除、洗濯、食事の支度、買い物。家事のいっさいをこなしながら父親の世話をする今の生活に、セリーナはいいかげんうんざりしていた。父は何年も前から勝手に病人を決め込んで、娘のことなど全然かえりみようとしない。

自分の体は自分が一番よく知っている。主治医にどこも悪くないと診断された父は憤慨してそう息まき、バワリング先生を出入り禁止にした。以来、心肺機能の低下と腰痛という自分で勝手にあてがった病名のもとに優雅な病人生活を送っている。好きなだけベッドでごろごろしている生活を。

母親が生きていたころはまだよかった。家には家政婦がいたから、セリーナは母親と二人で時間をやりくりして自由を楽しむことができた。地元の社交の集まりにもよく顔を出した。セリーナは友人宅に招待されてテニスやダンスに興じ、母親は気の合う仲間とブリッジを楽しんだ。ところがその母親が、セリーナにくれぐれも父親を頼むと言い残し、病気で他界した。セリーナは従順な妻だった母親の気持ちをくんで、何がなんでも約束を果たそうと決意した。今から五年前のことだ。

それを機にセリーナの生活は百八十度変わった。家政婦はすぐに解雇された。村の誰かに通いで週に二日程度来てもらえばセリーナ一人で充分、というのが父の見解だった。セリーナは、広くて設備の古いこの家では家事の一つ一つに手間がかかると説明した。だが父親は病人然と寝室の窓辺の肘掛け椅子で毛布にくるまったまま、セリーナの意見を面倒そうに手で払いのけた。

毎月の家計費については父親に逐一報告を求められた。セリーナの自由になるお金は一ペニーもなかった。だいぶがたがきた洗濯機は今にも爆発しそうな不吉な音をたてるし、セントラルヒーティングは一部の部屋にしかないうえ半年間しか使えない。三月末にヨーヴィルから来た配管工が閉めた元栓は十月まで開けてもらえないのだ。

　セリーナは先行きが不安だったが、グレゴリー・プラットが結婚を匂《にお》わせていることもあってもうひと頑張りする気になっていた。彼はシャーバンの法律事務所に勤める若手弁護士で、好感の持てる人物だった。仕事以外に話題のない退屈な人だが、慣れてしまえばさほど苦痛ではなかった。

　彼が花を手にやって来て二人の将来についてなんとなく語ったとき、セリーナはこの人と結婚して家庭を持てたらすてきだろうと思った。恋愛感情はないが好意は持っている。心の底では熱愛の末のゴールインにあこがれているけれど、自分にそんなことが起こりそうにはとても思えなかった。

　母親には、美人じゃないけど愛嬌《あいきょう》がある、とよく言われていた。父親と二人の兄には、はっきりと不器量だと言われた。丸顔に小さな鼻、大きめの口、茶色の瞳。ストレートの薄茶色の長い髪は無造作に後ろで束ねている。美人ではないかもしれないが、笑ったときの口元や長いまつげのぱっちりした目はまんざらでもないと思うし、ふっくらした体つきも自分では気に入っている。でもグレゴリーは何も言ってくれないので、相変わらず自分の外見に自信を持てずにいた。

　セリーナはキッチンへ戻って自分の朝食用に卵をゆでて、二通のバースデーカードをマントルピースの上に置いた。「二十六歳になったのよ、パス」猫に向かって話しかけた。「今日は誕生日だから家事はお休み。バロウ・ヒルへ散歩に行くつもりよ」

　朝食を終えてキッチンを片づけ、昼食の用意を整えると、朝食のトレイを下げに父親の寝室へ向かった。

　彼は新聞から顔も上げないで言った。「昼はハムとトーストを少しでいい。どういうわけか食欲がわかんのだ。ま、おまえに心配してもらおうなどとは期待しておらんがね、セリーナ」

「きっと朝食をたっぷり食べたせいよ。卵にベーコンにトースト、マーマレード、コーヒー」セリーナは朗らかに言った。「よかったらベッドを出て外を少し散歩したら？　また食欲がわくと思うわ」

死んだ母との約束だ。このわがまま放題な君主の世話を途中で投げだすわけにはいかない。それに、人生を無為に送っている父親が正直言って哀れでもある。

「私、散歩に行ってくるわね。せっかくのお天気のいい朝だから……」

「病気の父親を家に一人きりにしてかね」

「あら、私が食糧の買いだしに行ってる間も一人でしょう？　電話はベッドの脇《わき》だし、気が向いたらいつでも着替えて出かけられるのよ、お父様」セリーナはドアへ向かった。「コーヒーの時間までには戻りますから」

庭いじりに愛用しているくたびれたジャケットをはおり、丈夫な靴を履き、ひとつかみのビスケットをポケットに入れて家を出た。バロウ・ヒルは近くに見えて実際にはだいぶ遠いが、昼までにはまだたっぷり時間がある。セリーナは村へ行く道をはずれて家畜止めの垣根を越え、冬まきの小麦畑の脇の小道をたどった。

高木と灌木《かんぼく》が茂るゆるやかなのぼり坂を、のんびりした歩調で進んだ。羊が鳴き、小鳥がさえずっている。澄みわたった青い空にふわふわした小さな雲が点々と浮かんでいる。しばらく足を止めて空を眺めた。なんて気持ちのいい朝だろう。思いきって家事をほうりだしてきてよかった。帰ったら父はさぞかし不機嫌だろう。だが、今のこの幸福感を壊すことは誰にもできないのだ。

最後のひとのぼりはかなりの急勾配《きゅうこうばい》で、道はうっそうと下草に覆われていた。やがて突然視界が開け、円形の平地に出た。周囲の田園風景が一望のもとに見渡せる。普段はめったに人が来ないのに今日はめずらしく先客がいた。セリーナのとっておきの場所の大きな岩で、知らない男性が一人のんびりとくつろいでいる。

セリーナが石でごつごつした地面を慎重に歩いていくと、足音に気づいて男性が立ち上がった。かなりの長身で、肩幅も広くてがっしりしていた。カジュアルなツイードのスーツを着ている。ハンサムだが、それほど若くはないようだ。四十に近い三十代だろう。セリーナはおはようございますと挨拶したあと、彼が立っている岩をちらりと見た。

「やあ、おはよう」彼はにこやかに答えた。「君の岩に不法侵入してるかな?」

セリーナはびっくりして慌てて言った。「いえ、そんな。でもここへ来たときはいつもその岩に座ってます」

彼はほほえみ、セリーナも笑みを返した。男性の笑顔は、彫りの深い険しい顔立ちからは予想できないほど穏やかだった。高い鼻、重たげなまぶたの奥の青い瞳、薄い唇、意志の強さをうかがわせる顎の線。どことなく近づきがたい雰囲気がある。

セリーナがいつもの岩に腰を下ろすと、彼は少し離れた木の切り株に腰かけた。「ここで誰かに会うとは思わなかったよ」彼が気さくな口調で話しかけてきた。「かなりきついのぼりだからね」

「ええ、ここへはめったに人が来ません。村の住民の大半は毎日ヨーヴィルへ仕事に出ますし。夏になればたまにピクニックをする人もいますが、車で来られない場所ですからそう頻繁には……」

「それは君にも言えそうだね」

セリーナはうなずいた。「ええ。来たくてもしょっちゅう来られるわけじゃありません」

「君もヨーヴィルで仕事を?」

彼のたずね方がとても自然だったので、セリーナの警戒心もゆるんだ。「いいえ、家にいます」

彼はセリーナの膝の上の、荒れた小さな手を見て思った。暇を持てあました家事手伝いの娘とは違うな、と。

セリーナは彼の視線に気づいて淡々と言った。

「家事をしながら父の身の回りの世話をしてるんです」

「それでしばしの逃亡を企てたのかい？」

「ええ、まあそんなところです。それに今日は誕生日なので……」

「それはおめでとう。君にとって幸福な一日でありますように」セリーナが何も答えずにいると彼はつけ加えた。「今夜は盛大な誕生パーティーかな。それとも家族だけで静かに祝うのかい？」

「いいえ。兄たちはそれぞれ家庭があって別の場所に住んでますから」

「ああ、なるほど。じゃあプレゼントが郵便でどっさり届くんだろう」

セリーナはそっけなく相槌《あいづち》を打った。彼は話題を変えてこのあたりの土地について話を始めた。耳を傾けるうちにセリーナの心は徐々になごみ、彼に地元の歴史や建造物について説明した。

やがて腕時計を見て彼女は立ち上がった。「そろそろ帰らないと」彼にほほえみかけた。「お話しできて楽しかったです。村での滞在を心ゆくまで楽しんでらしてください」

彼も立ち上がって別れの挨拶を口にした。彼が村まで一緒に戻ろうと言わなかったことに、セリーナは少しだけがっかりした。

本当に嬉《うれ》しいひとときだった。なんだか彼が古くからの友人のように思えた。でも私、ちょっとしゃべりすぎじゃなかったかしら。セリーナは急ぎ足で丘を下りながら心の中であれこれ反芻《はんすう》した。気にすることないわ。彼はここへ旅行で来たそうだから、もう二度と会うことはない。そういえば発音がどことなく外国人らしかった……。

家に着いたときには少し息が切れていた。父親は毎朝十一時にコーヒーを飲む習慣だ。あと五分ある。急いでやかんを火にかけ、ジャケットを脱ぎ、コーヒー豆を挽《ひ》いた。用意が整うと髪を直し、いつもの静かな自分に戻ってトレイを手に二階へ行った。

父親は窓辺のゆったりした肘掛け椅子で読書をしていた。セリーナが入っていくと彼は顔を上げた。

「やっと帰ったか。グレゴリーから電話があった。仕事が忙しくて週末まで会えないそうだ」

「誕生日おめでとうとは言ってなかった？」セリーナは期待をこめてきいた。

「いいや。彼は忙しいんだよ。おまえはときどきそれを忘れるようだ」父親は再び本を手に取った。「昼食はオムレツを食べる」そのあと、とがめるようにつけ加えた。「ベッドがまだ整えられてないぞ。食後は少し横になるから忘れんように」

階段を下りる途中、彼女はバロウ・ヒルでのつかの間の純粋な幸福感を思い起こした。それと同時に、どこの誰だかわからない人と親しげにおしゃべりした自分に頬が赤くなった。きっと誕生日のせいだ。

「べつに気に病むことないわよね」いわしの缶詰を開けてやりながら猫のパスに話しかけた。「あの人にとっても私は見ず知らずの人間だもの。すてきな人だったけど、きっとすぐに私のことなんか忘れてしまうわ」

だがそうではなかった。彼はセリーナのことを考えつつバワリング医師の家に戻った。バワリング夫妻――夫人のほうは元看護師だった――とは医学生時代からの友人だ。仕事も家もオランダにあるが、イギリスへ来るたびに機会を見つけては夫妻と会っている。それでもこのサマセットまでバワリングを訪ねるのは今回が初めてだ。昼食の席で彼はバロウ・ヒルへ行ったことを話した。

「そこで若い女性に会った。涼しい声をした丸顔で薄茶色の髪の、あまり身に構ってない感じの女性だ。父親の世話から一時解放されたくて来たと言っていた。今日は誕生日なんだそうだ」

「セリーナ・ライトフットだ」バワリング夫妻が声をそろえて言った。「とてもいいお嬢さんよ」ミセス・バワリングがあとを引き取った。「なのに父親ときたら手に負えない偏屈者。往診に行ったうちのジョージを怒って家から追いだしたのよ」

バワリング医師がうなずいた。「どこも悪いところはないのに自分で病人だと言い張ってね。以来、私は出入り禁止だ。村の噂《うわさ》では毎日寝たり起きたりの病人生活を満喫しているらしい。奥さんが亡くなったあとは家政婦も追い払って、今は週に二度通ってくるパイクばあさんだけだ。セリーナも気の毒にな。若いのに自由を楽しむ時間もない」

「それで逃げだしてきたわけか。だが、思いきって自立を考えてもいい年齢だろうに」

「実は私と牧師で家を出たらどうかと彼女を説得してみたんだが、彼女は死んだ母親との約束だから父を見捨てられないと言うんだ。ま、そう悲観することもない。グレゴリー・プラットがセリーナとの結婚を考えていることは公然の秘密だ。彼はシャーバンの法律事務所の弁護士で、ミスター・ライトフットの家と財産に目をつけているらしい。両方ともセリーナが相続することになりそうなんだ。彼女には二人の兄がいるが、二人ともすでに充分な収入と社会的地位があるし、妹にも父親にもめったに会いに来ない。遺産はとうに期待していないんだろう」

「セリーナが唯一の相続人に？」

「たぶんね。父親も二人の兄もそれについてまだセリーナに何も言っていないが、グレゴリーの鋭い嗅覚《きゅうかく》が何か嗅《か》ぎつけたらしい」

「だったら彼からセリーナに話してるだろう」

「それはない。グレゴリーにすれば、彼女に金目当ての結婚だと思われたくないだろうから」

オランダ人の男は眉をひそめた。「実際に金目当てなのか？」

「当然だよ、イーフォ。グレゴリーはセリーナを真剣に愛してなどいない。セリーナのほうもおそらく同じだろう。だがたまに二人が一緒にいる姿を見かけると、セリーナが彼にそれなりの好意を抱いているのは確かだ。彼女は思慮深い女性だ。自分が特別に美人でないことも、父親が死なない限り家を離れられないことも承知している。社会に出て大勢の人間と知り合うチャンスはまずないわけだ」

「気の毒に」ミセス・バワリングが同情に満ちた声で言った。「とても明るくて親切なお嬢さんよ。彼女だって、おしゃれをして同じ年ごろの人たちとつき合いたいでしょうに。ここへお茶や夕食に何度もお誘いしたけど、そのたびに邪魔が入るの。彼女が出かける直前に父親が急に具合が悪いと言いだしたり、いざ食事の席に着いたら、彼から死にそうだから戻ってこいと電話が入ったり。もうお手上げ」

セリーナの話はそれきりになり、三人は別の話題に移った。二日後、イーフォ・ファンドーレンは車でロンドンへ戻り、オランダに帰国した。

誕生日のあとの土曜日、グレゴリーがセリーナを家に訪ねてきた。彼はセリーナにおざなりの挨拶をすませ、父親のご機嫌うかがいのため二階へ上がった。彼は誰にどう取り入るべきか心得ていて、ミスター・ライトフットと良好な関係を維持するチャンスを逃さなかった。二人は三十分ほど株式投資について意見を交わした。グレゴリーはミスター・ライトフットの政府に対する古くさい不満にも熱心に耳を傾けた。彼が階下へ戻ると、セリーナは居間の床に座り込んでテレグラフ紙のクロスワードを解いていた。

グレゴリーは古めかしい肘掛け椅子に腰かけた。

「セリーナ、椅子に座ったらどうだい？」

「フランス語の〝エイテュイ〟って〝ワークバッグ〟と同義語かしら、グレゴリー？」

彼は顔をしかめた。「くだらないことをきくなよ」

「あら、本当にくだらなかったら誰もクロスワードなんてやらないわ」セリーナは座り直してグレゴリーを見上げた。「私の誕生日を忘れてたわね」

「そうだったかい？　どっちみち大人になれば誕生日はそれほど重要じゃない」

セリーナは鉛筆でパズルに単語を書き入れた。たぶんグレゴリーの言うとおりだろう。彼はいつも沈着冷静だ。兄たちもグレゴリーはいい夫になると太鼓判を押している。でも私としてはもっとときめきを感じさせてほしい。そもそも周囲から彼と結婚するのが当然のように思われているのはなぜ？

「でもカードくらいは期待してたわ。それから花束も。きれいなセロファンに包んでリボンをかけた大輪の薔薇《ば ら》とか。大きな香水の瓶が添えてあったら、もう言うことないのに」

グレゴリーは声に出して笑った。「そろそろ大人になったらどうだい、セリーナ。ロマンス小説の読みすぎだ。いいかい、僕はどうでもいいくだらないものにお金を使うのは大嫌いなんだ」

セリーナはクロスワードに別の単語を書き入れた。「恋人に贈る花やプレゼントがくだらないものなの？　グレゴリー、私に何かとっておきのぜいたくなものを買ってあげたいと思ったこと、ある？」

彼は想像力とユーモアに欠け、並々ならぬ自信家だった。「いいや、一度も」平然と答えた。「それが何か重要なことなのかい？　僕がダイヤモンドのネックレスやハロッズの下着を贈ったところで、君にそれを身につける機会があるのかい？」

「あなたがクリスマスプレゼントを選ぶときに真っ先に考えるのは、私が毎日使う実用的なものはなんだろうってこと？　そのわりには去年のプレゼント、すぐに破れそうな生地で、洗うのに一日がかりよ」

グレゴリーは口論を避けて寛大な笑顔で言った。

「セリーナ、ちょっと大げさだよ。ところでお茶を一杯もらえるかな？　そう長くいられないんだ。今夜は上司と食事の予定だから」

セリーナがお茶に自分で焼いたケーキを添えて出すと、グレゴリーはカップ片手に一週間の自分の仕事ぶりを話題にした。セリーナは黙って聞き手に回った。美人ではないがものわかりのいい、妻としてふさわしい女性だ、とグレゴリーは思った。家のことはいっさい安心して任せられるし、父親の遺産が入れば彼女ももう少しましな身なりができるだろう。

彼はお茶を飲み終えると再び二階のミスター・ライトフットに挨拶に行った。それから玄関へ戻ってセリーナの頬にキスし、来週末にまた会おうと言った。

グレゴリーを見送ったあと、セリーナはお茶を片づけながら思った。彼は倹約家じゃなくて、はっきり言ってけちよ。父親に呼ばれても聞こえないように水を派手に流しながら食器を洗った。グレゴリーは私に関心などない。単調で寂しい生活だった私はおだてにのって彼に好感を持った。父親から悪くない青年だと認めてもらえたこともあって、いい夫になるという兄たちの言葉を喜んで鵜《う》呑みにした。

でもあれから何年もたつのに、グレゴリーは結婚を匂わせるだけでなかなかプロポーズしてくれない。弁護士という確固たる職業があるのになぜだろう。セリーナは正義感が強く、ほかの人間も、父親を除いては全員そうだろうと信じていた。グレゴリーが父親の死ぬのをひそかに待っていようとは想像も及ばなかった。

だがグレゴリーは、セリーナが遺産を相続したら家の権利や資産運営は進んで夫にゆだねるだろうと踏んでいた。もちろん彼女にも好きなものを買い与えるが、財布の紐《ひも》を実際に握るのは夫である自分だと決めていた。

セリーナはそんなことは知る由もなかったけれど、グレゴリーに対する不信感はしだいに増していった。それに比例して、バロウ・ヒルで気軽におしゃべりした男性のことがじわじわ気になりだした。感じのいい人だった。旧知の仲のような懐かしさと頼りがいを感じた。ただの思い込みかもしれない。それでも彼の姿がまぶたに鮮明に焼きついていた。

翌週、めずらしく上の兄のヘンリーがやって来た。ヨーヴィルに住んでいながら、普段は多忙を理由にめったに顔を見せない。父親とは似た者同士のせいかそりが合わず、クリスマスと父親の誕生日にお義理に妻と二人の子供を連れて訪ねてくる程度だ。そしてそのたびに、グレゴリーとの結婚が決まったらすぐに知らせろとセリーナに言う。だが今の生活で満足か、困ったことはないか、などと心配してくれたことは一度もない。今回もいつもと同様取りつく島もない態度だった。

コーヒーを飲んでいるヘンリーにセリーナは思いきって言った。「しばらく休暇がほしいの」

「休暇だって？　セリーナ、急に何を言いだすんだ。この家で毎日のんきに暮らしてるじゃないか。村に友人もいるし、暇つぶしの方法もある。だいたい親《おや》父《じ》の面倒を誰がみるんだ？」

「ヘンリー兄さんがお金を出して誰かを雇うか、奥さんのアリスに来てもらって。お宅には今、オーペアがいるんでしょう？　だったら子供の面倒はその人に頼めるわ」

ヘンリーの顔色が変わった。「無理に決まってるだろう。アリスは家事以外にもいろいろとつき合いがあって忙しい。まったくセリーナ、どうしてそんなわがままを言うんだ？」彼は最後につけ加えた。「それにオーペアはもうじき帰国する」

二階から父親の呼ぶ声がした。ヘンリーは階段へ向かうセリーナに冷たく別れの挨拶をした。

数日後に今度は下の兄のマシューが訪ねてきた。マシューはヘンリーの性分を多少薄めた感じで、やはり父親とは折り合いが悪い。それでも父親の短気を大目に見てやれるだけの度量はあった。今回は妻も一緒だった。彼女は若いのに考え方が旧弊で口やかましく、セリーナを目の敵にしている。玄関を入るなり、庭の手入れが雑だのポーチの屋根瓦《やねがわら》が一枚はがれているだの、ひとしきり文句を言った。

「もっと目を配りなさい」しつこくセリーナをとがめた。「これだけの広い家なら、なおのことときちんとしなくちゃ。こんなすばらしい家に住めて幸せだと感謝すべきよ」

セリーナが義姉の小言を黙って聞き流しているうちに、父親に会いに行ったマシューが階下へ戻ってきた。三人でお茶を飲みながらセリーナは兄に言った。「この間、ヘンリーも来たわ。彼にも話したんだけど、私、しばらく休暇をとりたいの」

マシューは慌てて口の中のケーキをのみ込んだ。

「休暇だって？　いったいなんでまた？」

理由をきいてくれただけましかもしれない、とセリーナは思った。

「寝室が六つにバスルームが二つ、屋根裏部屋、応接間、ダイニングルーム、居間、キッチン。これだけの広い家をリューマチを患った通いのおばあさんと二人だけでおもりするのは、かなりの重労働よ。庭の手入れだってあるわ。私、一週間前に二十六歳になったの。そろそろ休暇を認められてもいいころじゃない？」

マシューは考え込んだが、先に口を開いたのは妻のほうだった。「いいことセリーナ、休暇は誰だって欲しいの。でも人にはそれぞれ義務ってものがあって、ままならないのが現実よ。あなたの場合は自分とお父様の世話だけなんだから、楽しむ時間はいくらでもあるでしょう」

「ないわ。父を楽しませるだけで手いっぱい」

するとマシューが言った。「まあ、確かに一理あるな。ヘンリーには……」

「話したけど、ばかばかしいって一蹴《いっしゅう》されたわ」

マシューは性根はやさしいけれど、兄のヘンリーや妻の言いなりだ。「そうか。だったら残念だがこれ以上どうにもならないな、セリーナ」

セリーナが黙り込むと、マシューが話題を転じた。

「グレゴリーとはちょくちょく会ってるのかい？ああいう堅実な青年は大事にしたほうがいい」

「そうするわ」セリーナはそっけなく答えた。「ほかの男性に出会えるチャンスはなさそうだから」

そう言ったあとに不意にバロウ・ヒルで会った男性を思いだした。

週末、グレゴリーがやって来た。その日は憂鬱《ゆううつ》な雨降りだったので、セリーナはまさか彼が来るとは思わずキッチンの食器棚を掃除していた。グレゴリーは汚れた格好のセリーナを見て顔をしかめ、いやいやという感じで頬にキスした。

「なにも土曜の朝にあくせく働くことはないだろう？　通いのお手伝いさんにやらせればいい」

セリーナは額に落ちた髪を耳の後ろへかけた。

「彼女は週に二回ほんの数時間だから、バスルームとキッチンを片づけてもらうのが精いっぱいよ。それよりあなたが来るとは予想外ね」

「花を買ってきたよ」

グレゴリーはセロファンに包んだ水仙を、宝石か何かのようにもったいぶって差しだした。

セリーナは素直にお礼を言ったが、内心では水仙なら庭にいくらでも咲いてるのに、とつぶやいた。でも肝心なのは気持ちだ。エプロンをはずしながら自分をそうなだめた。「コーヒーをいれるわね。父はもうすませたから」

「お父さんにちょっと挨拶に行ってくるよ」グレゴリーはそのあとで声をひそめた。「ヘンリーから聞いたが、休暇をとりたいんだって？」

セリーナはやかんに水を入れながら答えた。「ええ。それくらいのご褒美は許されるべきでしょう？どこかへ旅行して、いろんな人に会って、思いきり羽を伸ばしたいの」

「軽薄だな」グレゴリーの口調は厳しかった。「逃げだしたがる理由がわからないね。こんな立派な家で悠々自適に暮らしてるっていうのに」

彼の険しい表情から、味方になってもらうことは期待できそうになかった。

「私が毎日のんびり気ままに過ごしてるとでも思ってるの？だとしたら大間違いよ」

「セリーナ、家事に専念する生活は君の性に合ってる。そうだろう？君はきっといい奥さんになる」グレゴリーはにっこりと笑った。「じゃ、コーヒーを頼むよ」

彼が二階の父親の部屋へ行ってしまうと、セリーナは昼食の支度に取りかかった。父親の今日の注文はトーストにのせた辛味のきいたキドニーと、彼が自分で鍵《かぎ》のかかるサイドボードに大事にしまっているクラレットだ。グレゴリーも昼食を食べていくなら、卵とスープで我慢してもらうしかない。それより私を外食に誘ってくれないかしら。たまには村のパブでおいしいパイ料理でも食べたいわ。

そこへグレゴリーが戻ってきて、これからオフィスへ戻らなければならないと言った。

「でも今日は土曜日よ」

グレゴリーはわざとらしく寛大な表情になった。

「セリーナ、僕は仕事に対して真剣なんだ。土曜日に働くことになろうが文句を言うつもりはない。次の土曜日はなんとか都合をつけるよ」

「明日の日曜日は？」

グレゴリーはかすかにためらった。「母の家へ行く約束なんだ。ちょっとした力仕事を頼まれてね。困ってると聞いちゃ、ほうっておけない」

セリーナは首をひねった。彼の母親はめったにいないほど気丈な女性で、使い勝手のいいようなんでも自分で工夫する。だが勘ぐっても仕方ないのでグレゴリーを孝行息子と解釈することにした。

日曜日、セリーナはいつかの男性との再会をなかば期待してバロウ・ヒルへ行った。だが残念ながら誰もいなかった。しかも早朝の晴天から一転して雲行きが怪しくなり、雨が降り始めた。セリーナは家に戻って父親の昼食用に雉《きじ》のローストを作り、午後は猫のパスとラジオを聞いて過ごした。

ふと自分の将来について思いをめぐらせた。死んだ母との約束だから父を見放せないけれど、家にいながら何か技能を身につけることはできる。得意なのは針仕事だが、今どきあまり役に立ちそうにはない。コンピューターのほうが実践的だし独学向きだろう。でもコンピューターを買うお金をいったいどうひねりだせばいいのか。

父親から渡される毎月の生活費は、使途を細かく報告するよう義務づけられている。自分に必要なものを買うときは前もっておうかがいを立てねばならず、しかも請求書は父親あてに送られる。といっても歯磨きやせっけんなどの日用品は現金で買いに行くしかないので、代金はまとまった買い物をした店からの請求書に上乗せしている。

社交的な生活はないも同然だから、持っている服は必要最小限だ。以前ヨーヴィルへ出かけた際にふと気が向いて服を買ったが、あとで父親と激しい口論になった。しかもおまえのせいで心臓発作を起こしたと責められ、しばらくは用事があって寝室へ行くたびにベッドから恨みがましい目でにらまれた。医者に診せようとしないので、その発作が事実だったかどうかはわからないが。

十日後の五月の晴れた朝、顧問弁護士のミスター・パーキンズが家に呼ばれた。彼は親切な老紳士で、母親が亡くなったとき、キッチンで泣いていたセリーナを今にきっといいことがある、と慰めてくれた。

〝お父さんは君の将来をきちんと考えてくれている〟とパーキンズ弁護士は言った。〝はっきりしたことは私の口から言えんが、とにかく心配することはない。わかったね〟

セリーナはそのときは弁護士の言葉についてじっくり考えなかったが、何年かたつうちに将来はお金の心配はいらなそうだと思うようになった。

パーキンズ弁護士はあれからさらに年をとり、髪は真っ白だ。二階の父親の部屋に長いことこもりきりで、ようやく下りてきたときにはかなり当惑した表情だった。彼はセリーナに、お父さんに説得を試みたけれど力が及ばなかった、と無念そうに言い、コーヒーを断ってすぐに帰っていった。

セリーナの二人の兄は、彼女が休暇を望んでいることを父親に報告した。そのため父親はかんかんに怒り、恩知らずな親不孝娘になど遺産はやれんと、ただちに遺言を書き換えることにしたのだ。

翌朝、パーキンズ弁護士は助手を連れて再び家を訪れた。彼ら二人の証人のもとにミスター・ライトフットは新しい遺言書に署名した。心臓発作を起こしたのはまさにその翌日だった。

2

ミスター・ライトフットの発作は起きるべくして起きた。彼は非常に怒りっぽく、つねに正しいのは自分で、自分以外の人間は間違ったことばかりする愚か者と決めつけていた。もとからの高血圧やこってりした食事、運動不足といった不健康な生活も原因の一つだ。そこへもって娘のセリーナにかんしゃく玉を破裂させたことが決定打となった。そのきっかけは、彼が濃厚なソースを添えた子羊のすい臓と、生クリームたっぷりのトライフルを昼食に所望したことだった。

　セリーナはなだめすかすようにこう言った。子羊のすい臓はソースなしのほうがおいしいと思うし、デザートはトライフルではなくエッグカスタードのほうがいいんじゃない？　それに村の肉屋には子羊のすい臓がいつも置いてあるとは限らないわ。

　ベッドで新聞を読んでいた父親はさっと顔を上げ、とがめるような口調で言った。「私が自分の食べたいものを食べてどこが悪い。つべこべ言わずさっさと支度をしたらどうだ」

「わかったからお父様、そんなに興奮しないで。パイク夫人が来たらすぐに肉屋へ行ってくるわ。コーヒーは彼女にお願いしておくわね」

　セリーナが買い物に出ている間、ミスター・ライトフットはコーヒーを断り、代わりにサイドボードに鍵《かぎ》をかけてしまってあったウイスキーを飲んだ。

　セリーナが村から戻ると、入れ違いにパイク夫人が帰っていった。セリーナはすぐに昼食の支度に取りかかった。高カロリーなものばかり食べて、肘掛け椅子とベッドから決して離れようとしない父親にほとほと困り果てた。どう見ても毎日を無駄に過ごしているとしか思えない。

「たまには外の新鮮な空気を吸ったらいいのに」セリーナは買ってきた子牛のすい臓の包みを開けた。「散歩とかゴルフとか友達に会うとか、することはいくらでもあるでしょうに」だが新鮮な空気はミスター・ライトフットの健康観に反し、友人と呼べる人間も今ではもういなかった。

きっかり一時に父親の部屋へ昼食を運んだ。彼は重ねた枕《まくら》を背にベッドに起き上がり、フィナンシャル・タイムズ紙を読んでいた。

「遅いじゃないか、セリーナ。まったく何をやらせてものろまだな。暇を持てあましているせいだろうから、パイク夫人は近々断る。この家の仕事に健康な人間は二人もいらない」

セリーナはトレイをベッドの上にセットし、感情を抑えた声で言った。「パイク夫人は健康な人には数えられないわ、お父様。リューマチのせいでかがめないんだもの。家事は私一人ではとてもこなしきれないわ。彼女がいなくなれば私は掃除をほうりだしてお父様の身の回りの世話と食事の支度だけをするか、掃除を続ける代わりにお父様には毎日サンドイッチで我慢してもらうしかないわ」

父親はそれにはまったく耳を貸さず、フォークを握ったまま皿の料理をにらみつけた。

「これは子羊のすい臓ではないぞ、セリーナ。おまえは私を消化不良にする気か？」

「でも肉屋さんにはこれしか……」

父親はがなりだした。「まったくなんという冷たい娘だ。私の体がどうなってもいいんだな！」

彼は料理を皿ごと床に投げつけた。その直後、心臓発作に見舞われた。

「お父様！」セリーナが駆け寄ると、父親は土気色の顔で苦しげに固く目をつむり、呼吸も荒かった。

セリーナは手首の脈をみながら彼の頭を枕にゆっくりと横たえ、急いで電話をかけた。

電話が鳴ったとき、バワリング医師はちょうど食卓で羊肉料理を切り分けているところだった。

彼は妻と客人を前に困った顔で言った。「いざ食事となると決まってこうだ。すまん、イーフォ」

電話はすぐに終わった。

「セリーナ・ライトフットからだ」バワリングがテーブルに戻ってきて言った。「父親が倒れたそうだ。診断が気に入らないからと私を追いだした男だが、無視するわけにはいかない」ちらりとイーフォ・ファンドーレンを見た。「一緒に来ないか？　セリーナが独りぼっちで心細いだろうし、父親を担ぎ上げるのに助けがいるかもしれない」

セリーナはショックを受けながらも判断力は失わなかった。玄関を開けにいったん階下へ行き、再び父親の部屋へ戻った。だがどうすればいいのかわからず、枕元で父親の力なく投げだされた手を握り、もうすぐ医者が来るから心配しないで、とささやきかけた。心臓発作を起こした人間は口がきけなくても耳は聞こえる場合が多いと、以前何かの本で読んだことがある。

二人の医師は部屋へ静かに入っていった。セリーナがベッドの脇《わき》にいる。アスパラガスやポテトが床に散乱している。バワリング医師は小声で言った。「セリーナ、友人を一緒に連れてきた。彼も医者なんだ。手助けがいるかもしれないと思ってね」

セリーナはうなずいたあとではっと息をのんだ。バワリングの隣にいるのはバロウ・ヒルで会ったあの人だ。セリーナは立ち上がり、彼らのためにベッドの前をあけた。

「状況を教えてくれないか、セリーナ？」

バワリングの問いにセリーナは落ち着いて答え、最後にこうつけ加えた。「父は料理が子羊のすい臓でなかったことに腹を立てたんです。でも肉屋さんにはそれしかなくて」ため息が出た。「私のせいだわ。私が父を興奮させたからこんなことに……」

「いいや、セリーナ。前にお父さんを診察したとき、血圧がかなり高めだった。生活を改善しなければ必然的に発作は起こる。さあ、自分を責めないで、お茶でも飲んで休んでいなさい」

セリーナは言われたとおりキッチンへ行き、お茶をいれた。診察がすむまで自分にはほかにどうしようもなかった。

間もなくバワリング医師が下りてきて、セリーナのいるテーブルの向かいに座った。「ファンドーレン医師にここにいてもらっていいかい？」

セリーナは壁の戸棚に寄りかかっている長身の男性を見やった。「え、ええ。もちろんです」

「君のお父さんはかなりの重態で、病院には移せない。はっきり言って回復は難しいだろう。村の看護師をすぐに手配し、できれば夜もつきっきりで看護してもらう。お兄さんたちにも急いで来てもらったほうがいい」

「はい、すぐに電話で知らせます。いろいろとありがとうございました、バワリング先生」

「明日の朝、もう一度来る。遠慮しないでくれ、遅かれ早かれこうなると思っていた。それから、私の代わりにファンドーレン医師が診察にあたるかもしれないが、それでも構わないかな」

セリーナは再び長身の男性をちらりと見た。無言でいる彼の存在になぜか安心感を覚えた。「もちろんです。どうかよろしくお願いします」

「ではさっそく電話を借りて、シムズ看護師を呼ぶとしよう。彼女が来るまでファンドーレン医師がここに残ってくれる」

「まあ、それには及びません。私は大丈夫ですから」セリーナはそう言ってから後悔し、急いで言い直した。「ご親切にありがとうございます」

バワリング医師は電話をかけに行き、ファンドーレン医師も病人の様子を見に二階へ上がっていった。やがてシムズ看護師が到着し、ファンドーレン医師は看護師と短く言葉を交わしたあとセリーナに静かに辞去を告げた。

セリーナが兄たちに電話すると、二人ともなるべく早く行くと答えた。口調から父親の病気を迷惑がっている様子だったが、喜ぶのもかえって不自然かもしれない。セリーナは看護師のための部屋を用意し、お茶をいれた。シムズ看護師は二階の病人の部屋にいた。依然として意識不明で、かなり危険な容態だった。看護師はベッドの横に肘掛け椅子を引き寄せ、そこに座って静かに編み物を始めた。

「今はただ待つしかないようね。お兄さんたちはすぐにいらっしゃるの？」お茶を運んできたセリーナにシムズ看護師はたずねた。

「ええ、なるべく早く行くと言ってました。何かすることはありますか？」

「いいえ、セリーナ。今のうちに下で少し休んでおいたら？　私はここでお茶をいただくわ」

先に到着したのはヘンリーだった。父親の様子を見たあと慌ただしくお茶を飲み、バワリング医師のもとへ出かけた。そのすぐあとにマシューが来た。彼はしばらく父親の部屋で過ごしてから、下りてきてセリーナのそばに座った。だがヘンリーが戻るまでほとんどしゃべらなかった。

ヘンリーもマシューも、今日はいったん自宅に戻り、明日の朝もう一度様子を見に来ると言った。重要な仕事を抱えているだの、教区の務めを休めないだの、もったいぶった言い訳をした。

「今夜はおまえと看護師でなんとかしのいでくれ。

アリスは子供や家のことで手いっぱいなんだ」ヘンリーがあらかじめ釘《くぎ》をさした。マシューも、妻のノーラは母の会やら教区の活動やらで忙しいと言った。

二人が帰っていくと、セリーナは夕食をこしらえるためキッチンへ行った。兄たちの支えなど初めから期待していないから、特に落胆は感じなかった。これまでずっと知らんぷりだった彼らが、今になって急に協力的になるはずがないのだ。

セリーナはシムズ看護師と交替で夕食と仮眠をとり、やがて朝を迎えた。六時ごろ、シムズ看護師はバワリング医師の家に電話を入れた。

呼ばれてやって来たのはファンドーレン医師だった。「バワリングは急なお産が入ったので、私が代わりに来た」キッチンにいたセリーナにファンドーレンは静かに声をかけた。

セリーナは疲労と心配のせいで力なく挨拶《あいさつ》した。顔は青ざめ、茶色の髪は背中でもつれていた。玄関から流れ込んだ早朝の冷たい空気が、くたびれた化粧ガウンをはおった体に肌寒かった。セリーナは静かに立ち上がり、ファンドーレンを二階へ案内した。彼は部屋に入ってシムズ看護師と簡単に言葉を交わし、病人のベッドにかがみ込んだ。

「しばらく私たちが代わろう。シムズ看護師を少し休憩させたい」ファンドーレンは体を起こし、セリーナに言った。セリーナは黙ってうなずいた。

ミスター・ライトフットは意識が戻ることなく亡くなった。臨終の際、セリーナは父の手を握ったまま
そっとさよならを告げた。私は父に愛されることはなかった。私もまめまめしく世話を焼いたが、愛情はとうの昔に忘れていた。とてもやるせなかった。

ファンドーレンはセリーナに言った。「シムズ看護師を呼んできてくれるかい？　お兄さんたちにも連絡しなければね。それがすんだら、いったんお茶を飲んで気分を落ち着けよう」

彼は兄たちが到着するまで残ってくれ、ヘンリーのたたみかけるような質問に辛抱強く対処したあと、静かに帰っていった。〝すぐにバワリング医師が来て、お兄さんたちに詳しく事情を説明してくれる。心配しなくていいよ〟と言い残して。

セリーナはなごり惜しい思いでファンドーレンを見送った。

それから数日間は今までと状況が一変した。ヘンリーは父親の書類を整理するため家で長い時間を過ごし、セリーナに必要な手続きについて綿密に指示した。忙しくしたほうがいい、と彼は言った。

実際に忙しかった。父親の数少ない知人に手紙で死去を伝え、さらには弔問客の応対や葬式後の食事の準備に追われた。ヘンリーが家にいる間は彼にも食事を出さなければならなかった。でもとにかく終わったのだ。これからは自分のことを考えて生きていける。やっと自分の人生が始まる。そう思うことで心なしか希望がわいたが、将来についての見通しはまだ何もなかった。

とはいえ、漠然とは見えてきた。訃報《ふほう》を聞いたグレゴリーが家に来て、はっきりしたプロポーズの言葉ではないにしても、二人の結婚は当然の成り行きだと言ってくれた。彼はセリーナを病人のようにやさしくいたわり、献身的な孝行娘はご褒美を受け取る権利が当然あると力強く言った。

まばらな人数の寂しい葬式の直後、パーキンズ弁護士が応接間に家族を集めた。ヘンリーもマシューも、それぞれの妻たちも、期待に満ちた顔だった。反対にセリーナはなんの期待も抱かず、母が愛用していた小さな肘掛け椅子に座った。

パーキンズ弁護士は眼鏡を拭《ふ》いて咳払《せきばら》いをし、遺言状を読み上げた。ミスター・ライトフットは二人の息子にささやかな金額を分与した。ヘンリーもマシューもあてにしていなかったわりには、あからさまに落胆を表した。

「この屋敷と家財道具一式は」パーキンズ弁護士は淡々と先を続けた。「慈善団体に寄付され、恵まれない人の施設として役立てられることになります」軽く咳払いをはさんだ。「セリーナには五百ポンドが残されます。遺言人のメッセージによれば、〝若くて気丈な娘なら、親の援助がなくとも独力で道を切り開くだろう〟とのことです。私はお父上を説得しましたが、残念ながら力及びませんでした」

弁護士は帰り際、セリーナにこっそりと言った。「君の受け取り分の小切手はすぐに用意しよう。私にできることがあれば、なんなりと相談してほしい」

セリーナは礼を言って年老いた弁護士の頬にキスした。「どうか心配なさらないで。私はまだしばらくはこの家にいられるんですか？」

「もちろんだ。必要な書類をそろえるのに何週間かかかるからね」

「それを聞いてほっとしました。今後の身の振り方をじっくり考えられるわ」セリーナは弁護士を安心させようと明るくほほえんだ。

セリーナが応接間に戻るなり、室内のにぎやかな話し声がぱたりとやんだ。たった今までヘンリーとマシューは相続分の運用法についてさかんに議論し合い、妻たちは家の模様替えや服の新調を横からしきりとねだっていた。

「無駄にしないよう慎重に検討しよう」ヘンリーがしかつめらしく言った。「なにしろうちもいろいろと入り用でね。子供の教育費もけっこうばかにならない」セリーナは暗に牽制《けんせい》されている気がした。

セリーナにこれからどうするつもりかときいてくれたのはマシューだった。「親父《おやじ》がおまえにあれっぽっちしか残さないなんて、正直言って驚いたよ。なんだったら僕が少し……」

マシューの妻がすかさず口をはさんだ。「セリーナはしっかり者だから心配ないわ。それより大変なのはうちよ。少しでも遺産をいただけて本当に助かるわ。これでやっとセントラルヒーティングが買える。家の中が湿っぽくて困ってたの」

「教会の本部にかけあえば、少しは費用を出してもらえるでしょう？」セリーナは言った。

義姉のノーラは真っ赤になった。「でも許可が下りるまで何カ月も……へたすると何年も待たされるわ」それからいやみったらしくつけ加えた。「マシューの収入がもっと多ければねえ」

マシューとヘンリーは数年前に伯母の遺産を相続している。二人ともお金の心配はいらないはずだ。でもそれを指摘したところでなんにもならない。セリーナはおとなしくコーヒーとサンドイッチをふるまったあと、みんなを見送った。彼らはまた連絡すると口々に言って車に乗り込んだ。

セリーナはカップや皿を片づけ、猫のパスに餌《えさ》をやり、椅子に座って将来のことをぼんやり思った。だが現実的に考えれば、自分の将来の計画は後回しにすべきだ。この家を引き渡す前に個人的な持ち物はすべて整理しておかなければ。屋根裏部屋の箱には家族の古道具がぎっしりつまっているし、未払いの請求書や、関係先に父の死亡を連絡する仕事もまだたくさん残っている。自分のことを考えるのはそれが全部終わってからだ。

たぶん、グレゴリーとの結婚が一番容易な解決法だ。でも努力や決意のない流されるままの生き方で後悔しないだろうか。いつか本心から愛し合える男性と出会うかもしれない、そんな夢とあこがれを私は心の奥でそっと温め続けてきた。その男性は間違ってもグレゴリーではない。

パスと一緒にベッドに入るとすぐに眠りにつき、多忙で悲しい一日に幕を下ろした。

グレゴリーは葬式のあと仕事を理由にすぐに帰っていったが、明日の夕方には必ず来るとセリーナに約束していた。

〝いろいろと二人で話し合わないとね〞彼は所有者ぶった言い方をした。

セリーナに彼を待ちこがれる思いはなかった。昨日は無性に誰かに甘えたかったのに、今は早朝のさえた光に冷静さを取り戻していた。グレゴリーは夢に描く男性とは違うけれど私を大事に思ってくれている。私もやがては彼を愛せるかもしれない。今も好意は充分抱いている。待って。それは別の男性と知り合えない境遇だったせいでは？

昼間は忙しく過ごした。屋根裏部屋から荷物の入った箱を下ろし、父親の寝室を掃除した。昼食はサンドイッチとコーヒーで軽くすませ、午後は弔電や花の送り主らに礼状をしたためた。そのあとお茶を飲み、セーターとスカートに着替えてトレイにコーヒーを用意した。居間の小さな暖炉に火を入れると、室内はぐっと心地よくなった。セリーナは椅子に座ってグレゴリーが来るのを待った。

彼は遅れてやって来た。車の調子が悪くてね、そのうちに買い替えなくては、と思わせぶりにほほえんだ。しかし、ちょうどコーヒーをカップに注《つ》いでいたセリーナは気づかなかった。

葬式についてしばらく話題にしたあと、グレゴリーはおもむろにカップを置いて言った。「ところでセリーナ、できるだけ早く結婚話を進めたいんだ。そうすべきでない理由は何もないからね。僕はこの家に越してくる。少し手を加えて住み心地を改善しないといけないな。バスルームをもう一つ造りたいし、セントラルヒーティングも必要だ。室内装飾も思いきって全部変えよう」彼は笑顔で続けた。「君が相続する遺産は最大限に生かすよ。運用を僕に任せてくれれば、うまいこと投資して……」

セリーナは自分のカップに二杯目のコーヒーを注ぎ、ポットを静かに置いた。「この家は私のものではないのよ」淡々と言った。「父が家と家財道具を慈善団体に寄付したの」

「そうは言ったって、君にもそれなりの分は入るんだろう？　彼はかなりの資産を持っていた」

「五百ポンド入るわ」セリーナはそっけなく言った。

「それ以外はすべて寄付に回されるの」

「そんなばかな。君は相続権を主張すべきだ。お兄さんたちはどう言ってるんだ？」グレゴリーは驚いているのではなく怒っていた。「このままじゃ君は路頭に迷ってしまう。急いで手を打つべきだ」

「どうして？　これが父の遺志なら仕方ないわ。それを強引に崩す理由がどこにあるの？　ヘンリーとマシューも納得してるわ」いったん言葉を切った。

「それに、あなたと結婚するなら私が路頭に迷う心配はないでしょう？」

グレゴリーの顔が赤くなった。「いや、そういう事情ならこっちも計画変更だ。セリーナ、僕が出世を望んでることは知ってるだろう？　出世には大きな家と経済力がものをいう」

「つまりあなたが求めてたのは財産つきの妻で、私という人間ではないってことね」

グレゴリーはほっとした顔になった。「さすがに察しがいい。君ならきっとわかって……」

セリーナは立ち上がった。「ええ、よくわかったわ、グレゴリー。だからあなたのような人はこっちから願い下げよ。出てって。ここへは二度と来ないで。さっさとお金持ちの女性を探すのね」

「じゃあ僕らはこれきりってわけ……」

「ええ、そのとおり！」

彼が帰ったあと、セリーナはスクランブルエッグとトーストの夕食を作った。それからサイドボードの鍵をあけ、父親のクラレットを出した。お酒はこういうときのためにある。

セリーナはクラレットをグラスに二杯飲んだ。テーブルの下ではパスがいわしの缶詰に舌鼓を打っている。もっと悲しくて不安になるかと思っていたのに、意外とせいせいした気分だ。五百ポンドを手に思いきって理想の男性を探そう。そう決心し、グラスの中身を意気揚々と飲みほした。

理想の男性――セリーナはファンドーレンを思い浮かべた。だが互いの進む道に接点があるようには思えない。まずは何か仕事を見つけ、なるべく彼に近い男性との出会いに期待しよう。

クラレットでほろ酔い気分のセリーナと、いわしをたらふくつめ込んで大満足のパスは、その晩気持ちよくぐっすり眠った。

朝になるとヘンリーがやって来た。家の整理のためわざわざ仕事を抜けてきたと恩着せがましく言い、自分の私物リストを次々に増やした。銀器にクラレットに金属ケースに入った蒸留酒が三本、さらに母の形見の〈スポード〉のティーセット。

「親父が〈セルフリッジズ〉で買ったディナーセットはマシューに残してやろう」ヘンリーは安物には用がなかった。「新品のコーヒーメーカーもマシューでいい。ところでセリーナ、〈ウェッジウッド〉のビスケット入れはどこだ？」

「ダイニングルームの食器棚よ。でもマシュー兄さんと相談しなくていいの？　私にだって少しは希望をきいてくれたって……」

「マシューは普段使い用でいいに決まってる。あのちっぽけな家でパーティーもへったくれもない」

「でも教区の人たちを家に招いたり……」

ヘンリーはそれを無視して言った。「おまえだって、役に立たないがらくたを押しつけられても困るだろう？」

「あら、どうして？　私がこれからどこでどうやって生活するのか知りもしないで。きっと知りたくもないんでしょうけど。グレゴリーとは別れたわ。原因は私の相続分がたった五百ポンドだから。あてがはずれたんでしょうね、きっと」セリーナは捨て鉢な口調で言った。「彼は最初からこの家と財産が目当てだったのよ」

ヘンリーはきまり悪そうに言った。「しょうがないだろう。彼なりに事情があったんだから」

「じゃあ私はどうなるの？」

「どこかで職を見つけて、なんとかやっていくんだな。いずれは結婚すればいい」

ダイニングルームでヘンリーが中国風の飾り棚を物色している間、セリーナはサイドテーブルから露店商で買った置物を手に取った。手をつないでいる男女の人形で、作りは大ざっぱだがとても愛らしい。ヘンリーやマシューにはなんの価値もないだろう。セリーナはそれを母が生きていたころの幸せな家庭の思い出として持っていくことにした。

ヘンリーは自分の所有物をありったけ書きだし、ようやく引き上げていった。マシューも早く来ないと、ヘンリーが長男の強みでめぼしいものを根こそぎにしてしまうわ、とセリーナは思った。

マシューは妻のノーラを伴って翌日やって来た。〈セルフリッジズ〉のディナーセットは、母が亡くなって以来使われていないモーニングティーセットと一緒にその場で梱包《こんぽう》された。さらにベッドカバー二枚とリネンのシーツひと抱え、応接間のクッション数個、マントルピースの上にあったぱっとしないデザインの置き時計も加わった。

「近いうちにまた来るわ」ノーラの言葉をあとに二人はさっさと帰っていった。

「さあ、私の番ね」セリーナはパスにつぶやいて、部屋を順にゆっくり回った。スーツケースに入れて持ってでるには小さいものしか無理だ。母の裁縫箱、家族の写真、例の置物に小さな陶器の人形が二個、母が描《か》いたこの家の水彩画。それと現実的に考えて今後必要なものをいくつか。父の枕元のテーブルにあった銀のフレームの目覚まし時計、便箋《びんせん》とペン。屋根裏からはパスのために猫用バスケットも忘れずに出しておいた。

でも、どこへ行くんだろう。パーキンズ弁護士の話ではまだ二、三週間はここにいられそうだ。明日はヨーヴィルへ行って職業紹介所をできるだけ多く回ろう。

結果ははかばかしくなかった。タイプライターも打てない、ましてやコンピューターはちんぷんかんぷん。店員も経験がないと難しいと言われた。職業紹介所はどこも、何か見つかったら連絡しますという気の抜けた返事だった。

待てど暮らせど連絡はなかった。家の遺贈先の慈善団体に明け渡しを一週間延長してもらったが、その週の終わりになってもまだ仕事は見つからなかった。仕方なくパスを入れたバスケットとスーツケースを手にヘンリーの家へ居候することにした。

当然ながら迷惑がられた。ヘンリーは郊外に大きな家を構え、部屋に余裕があるにもかかわらず。彼自身は世間体もあるので表向きは寛大な兄としてふるまったが、妻のほうは露骨にいやな顔をした。そして寝室で夫と二人きりのときに容赦なく文句を言った。セリーナ一人でも迷惑なのに猫まで一緒だなんて、しゃくにさわるったらないわ、と。

セリーナは職探しにいっそう熱を入れた。家政婦なら経験上は問題ないけれど、パスと別れなければならなくなる。紹介状もない家政婦にペットの持ち込みを許す寛大な雇い主はまずいないだろう。

収穫のないまま連日ヨーヴィルへ足を運ぶうち、見栄《みえ》っぱりで根っから派手好きな義理の姉は、自分の交際範囲を広げるチャンスと気づいた。セリーナに炊事や洗濯をやらせよう。ついでに学校から帰ってきた子供たちの世話も。

セリーナは悔しい思いでただ働きに甘んじた。ヘンリーにそっくりの生意気で強情な甥《おい》と姪《めい》にさんざんてこずらされ、義姉には情け容赦なく顎でこき使われた。

兄の家に身を寄せてから一週間あまりたったある朝、呼び鈴が鳴った。セリーナは一人きりで朝食の後片づけをしていた。きっと郵便屋さんだ。職業紹介所から何か返事が来たのかもしれない。やっと運が向いてきたのね。

手を拭くのもそこそこに急いでドアを開けると、目の前にバワリング医師が立っていた。

「ヨーヴィルに来るついでがあったんだ」彼はにこやかに言った。「どうしてるかと思ってね」セリーナの濡《ぬ》れた手とエプロンに気づいた。「ミセス・ライトフットは外出中かい？」

「ええ、私だけです。どうぞお入りください。よろしければキッチンへ。コーヒーくらいいれても文句は言われないと思いますから」

「仕事はまだ見つからないのかい？」

「ええ、そうなんです。パスが一緒となるとなかなか難しくて……」

バワリング医師はセリーナのあとからキッチンへ入った。「どんな仕事が希望なんだろう」

「家政婦か付き添いを。ほかに何もできませんし」

セリーナは明るく言ったが、顔色が悪く目の下にくまができているのをバワリングは見逃さなかった。

「ここでの生活はきついようだね」

セリーナはコーヒーをカップに注いだ。「私がここにいると、ヘンリーにはあまり都合がよくないみたいで。パスのことも気に入らないんでしょう。でも、そのうちになんとかなると思います」

バワリングはセリーナの立場を気づかって長居は

しなかった。君に合う仕事はないか折を見て周囲にあたってみるよ、と言い残した。本人は明るくふるまっているが、どう見ても幸せそうではないな、と彼は思った。

バワリングは帰宅すると妻にセリーナのことを話した。

「私たちにできることは、彼女に合う仕事を見つけてあげることだけね」ミセス・バワリングは心から同情した。「もちろんあくまで慎重に。彼女のようなしっかり者は哀れみが何より嫌いなはずだから」

ファンドーレンはロンドンの病院で多忙な一日を終えたところだった。優秀な整形外科医である彼は、脚を複雑骨折した少年の手術のためオランダから呼ばれた。手術は無事成功し、その日のうちに帰国できることになった。病院を出ると外は気持ちのいい夏の夕暮れだった。彼は港のあるハリッジへ向かう予定を急遽《きゅうきょ》変更し、友人に電話をかけた。

バワリングは、ぜひとも寄ってくれ、一晩と言わず何日でも泊まってくれ、と大喜びだった。「夕食を一緒にできるわね」ミセス・バワリングも嬉《うれ》しそうに言った。「まだ四時過ぎだから、六時には着くわ」

ロンドンの郊外へ抜け、道もしだいにすいて、ファンドーレンのベントレーは快調に飛ばした。夕日を浴びて青々と輝く田園風景に、手術の疲れも吹き飛んだ。ロンドンへは二日の予定で来ているから、オランダへ戻るのは明日の夕刻のフェリーで充分間に合う。友人に会うのが楽しみだ。

ところで、父親を亡くしたあの女性はどうしているだろう。今ごろはたぶん結婚しているだろうな。ミセス・バワリングは相手の男をあまり気に入らないようだったが……。意外な場所で出会っただけに、ファンドーレンはあれからもセリーナのことをたびたび思いだしていた。

彼は花束を手にバワリング夫妻の家を訪ね、さっそく温かく迎えられた。夕食の席ではいつもどおり豊富な話題に花が咲いた。やがて後片づけを男二人ですませ、三人そろって応接間に落ち着くと、ファンドーレンはセリーナの近況についてたずねた。

「彼女を覚えてたのね」ミセス・バワリングが言った。「本当に感心な娘さんよ。二人の兄が彼女にどうしてあんなに邪険にできるのか理解できないわ」

「彼女は結婚したんじゃないのかい？　たしか前にそう聞いたような……」

ジョージ・バワリングが話を引き取った。「父親のミスター・ライトフットが遺産を家ごとそっくり慈善団体に寄付したんだ。そのせいで彼女は数週間以内に家を出なければならなくなった。二人の息子のほうはある程度の金を相続したが、セリーナにはたった五百ポンドだ。若くて気丈だから自力でやっていけということらしい」いったん言葉を切った。

「しかもセリーナと結婚すると思われていたグレゴリー・プラットは、家や財産が彼女に入らないと知ったとたんに手のひらを返した。彼女は目下必死で就職活動中だ。だが、猫が一緒のうえ紹介状もなし、経験も家政婦のやる仕事程度では見込みは薄い。今はヨーヴィルに住む上の兄のヘンリーの家にいるけれど、私が訪ねたときはだいぶつらそうだった。かなりこき使われてるんだろう。兄嫁には前々からうとまれていたし、ヘンリー本人からして威張りくさったいけすかない男だからな」

「実は仕事の心当たりがあるんだ」ファンドーレンは静かに切りだした。「娘のために女性の家庭教師を探してる人がいてね。私が今日手術をした少年の母親が、息子の退院までの一カ月半程度ロンドンに滞在するつもりらしい。自宅はビーコンズフィールドのペン村で、地元の学校に通う十三歳くらいの娘が一人いる。父親は仕事の関係で留守がちだ。家政婦と通いの手伝いがいるが、娘さんは弟へのやきもちのせいか扱いが難しいらしい。ジョージ、君がセリーナ・ライトフットの紹介状を書いてくれれば、さっそくそのミセス・ウェブスターに話してみる。すぐにでも仕事を始められる状態なんだろう？」

「ああ、おそらくはね。だが猫のほうは大丈夫なんだろうか」

「先方にすれば急を要するから、本人が気に入られさえすれば問題ないだろう。明日病院で、ミセス・ウェブスターに息子さんの診察の際に会う。話の結果は追って君に連絡する。短期間の職だが、腕慣らしにはちょうどいいんじゃないか」

ファンドーレンは翌朝ロンドンへ戻り、約束どおりミセス・ウェブスターにセリーナのことを話した。

「私もその女性に会っています。若いが分別ある聡《そう》明《めい》な女性です。ただし猫も一緒という条件ですが」

ミセス・ウェブスターはほっとした様子で感謝の言葉を並べた。「明日にも本人に会いに行ってきますわ。決まればすぐに来てもらえるのかしら」

「ええ、たぶん」

ファンドーレンはロンドンを発《た》つ前にジョージ・バワリングに電話で結果を報告した。さらには忙しいバワリングに代わって、セリーナあてに事情を知らせる手紙を書いた。

3

ヘンリーはセリーナが彼の前に置いたベーコンエッグの皿を一瞥《いちべつ》して言った。「子供たちの朝食もだぞ。アリスはまだしばらく起きてこないだろうから」彼は手元の郵便物にざっと目を通した。「おまえにも一通来てる。たぶん職業紹介所だろう」

「そうだといいわ」セリーナは祈る思いで言った。手紙はいったんポケットにしまったが、甥《おい》と姪《めい》の卵をゆでながらあらためて眺めた。封筒のあて先はくせのある筆記体で書かれていた。ヘンリーと二人の子供を仕事や学校へ送りだしたあと、ようやく開封する暇ができた。目の前のテーブルにはまだ三人の食べ終えた皿が散らかったままだ。

ミスター・ファンドーレンの文章は簡潔でわかりやすかった。多忙の合間をぬって書いたに違いない。セリーナは二度読み返した。ミセス・ウェブスターという人が娘の相手をしてくれる住み込みの女性を探していて、今日の午前十時にここへ面接に来るそうだ。がぜん希望がわいた。今は九時を少し回ったところだ。

こうなったら朝食の片づけどころではない。すぐに二階の自分にあてがわれた部屋へ行き、コットンの青いワンピースに着替えた。少し色あせているが女の子のお守り役の服装にはふさわしい。薄く化粧をし、髪をねじって頭の上でとめ、サンダルの埃《ほこり》を払った。それから階下へ戻ってトレイにコーヒーを用意した。義姉のアリスの部屋からはことりとも音がしない。もう少し眠っていてくれますように。呼び鈴でたぶん目が覚めるでしょうけど。

セリーナは玄関ホールで約束の時間がくるのを待

った。十時少し前、外で車の停《と》まる音がした。

ドアを開けると、こちらへ歩いてくるミセス・ウェブスターが見えた。美人で背がすらりと高く、化粧といい服装といいセンスは抜群だ。隙《すき》のない物腰には、なんでも思いどおりにしてきた女性ならではの雰囲気がある。彼女はポーチで立ち止まって言った。「あなたがミス・ライトフット？　ウェブスターです。私が来ることはご存じだった？」

「ええ、手紙で。どうぞお入りください」

ミセス・ウェブスターは応接間に座り、あたりを見回した。「お兄さんと住んでらっしゃるそうだけど、すぐにここを出られる？　娘の相手を至急お願いできる人を探してるの」

「その点はご心配なく、ミセス・ウェブスター。コーヒーをいかがですか？」

「ありがとう。でもあまり時間がないわ。すぐにロンドンへ戻らなければ。息子が入院していることはご存じ？」

「はい。ミスター・ファンドーレンが手紙で簡単に事情を知らせてくれたので。話の前にちょっと失礼して、コーヒーを持ってきます」

ミセス・ウェブスターはコーヒーをすぐに飲みほして用件を切りだした。「娘のヘザーは強情で気まぐれで、家政婦の手に負えないのよ。夫は仕事で家にほとんどいないし、私はティモシーの病院へ通うため当分はロンドンでホテル暮らし。そんなわけで退院までの一カ月半ほど、誰かに娘のそばにいてやってほしいの。地元の学校へ通っているから休ませるわけにはいかなくて。娘の相手以外は何もしなくていいわ。自由時間は充分あるはずよ。車の運転は？　そう、だったらうちに小型車があるから好きなときに使って。できれば明日から来てもらえる？車をここへ迎えによこすから、まっすぐペン村へ行ってほしいの。給料は週払いよ」

ミセス・ウェブスターはかなりの額を提示した。

「ぜひあなたにお願いしたいわ。紹介状をお書きになったバワリング先生とファンドーレン先生のお墨つきだもの」

ミスター・ファンドーレンは私のことなんかろくに知らないはずよ。セリーナはそう思いつつミセス・ウェブスターに快諾の返事をし、明日さっそくペン村へ赴くことを約束した。はたしてどうなるかわからないが、この家でただ働きさせられているよりはましだ。今後は少しでも多く貯金しよう。

ミセス・ウェブスターは問題が片づいてほっとしたのか、多少ゆるやかな口調になった。「猫がいるそうだけど、一緒に連れてきていいわ。大切なペットでしょうから。じゃ、あとはよろしく。自宅へはときどき連絡を入れるわ」

彼女はさっさと車に乗り込み、あっという間に走り去った。セリーナがコーヒーのトレイを片づけにキッチンへ入ると、猫のパスがバスケットの中で居心地悪そうにうずくまっていた。セリーナが肩身の狭い思いをしているのを察してか、ここ数日間バスケットからほとんど出ようとしない。

「ちょっぴり運が開けたみたい」セリーナはパスに話しかけた。「明日の朝ここを出るの。これからは家の中も庭も自由に歩き回れるわ。短い契約だけど気に入ってもらえればずっといられるかも」

セリーナは二階へ行き、物置から自分のスーツケースを出した。中身は使うだけのものしか出していないので荷造りは簡単だろう。スーツケースをベッドにのせ、ふたを開けたとき、寝巻き姿のアリスがまだ寝足りない顔で入ってきた。

「何やってるの?」問いつめるように言った。「ねえ、なんだか頭が重いからお茶を一杯持ってきて。言われなくても気をきかせてくれればいいのに」

「ヘンリーに起こすなと言われたし、荷造りもあるから。明日の朝ここを出ていくわ。九時に迎えの車が来るの」

「仕事が見つかったってこと？　どこで？　ヘンリーは知ってるの？　どうして私に言わないのよ」

「ヘンリーは知らないわ。私もついさっき知ったばかりだから」

「だけどあなたがいなくなったら、ここの家事は誰がするの？　困るわよ、そんな急に」アリスは怒ってつっかかった。「恩知らずね。この家にただで置いてもらって、家族同然に扱って……」

「同然も何も私は本物の家族よ。それにふさわしい扱いを受けた覚えは一度もないけど」セリーナは毅《き》然《ぜん》と言い返した。「私が出ていけば、そっちも厄介払いできてほっとするでしょう？」

「お茶は自分でいれるわ」アリスは力任せにドアを閉めた。すぐに階下からダイニングルームのドアが開く音と彼女の悪態をつく声が聞こえた。朝食が散らかったままのテーブルを見たのだろう。

セリーナがしばらくして下りていくと、アリスはキッチンのテーブルでトーストをかじっていた。

「ダイニングルームとキッチンをちゃんと片づけておいて」アリスが言った。

「お義姉《ねえ》さんが着替えたら、一緒にやりましょう」

セリーナはそっけなく答えてアリスの正面に座り、自分のマグカップにポットのお茶を注《つ》いだ。「私がいなくなると思うと嬉《うれ》しいでしょう？　最初からさも迷惑そうだったもの」静かに言った。

「ええ、せいせいするわ。あなたも猫も今すぐドアからほうりだしたい気分よ」

セリーナはため息をついた。アリスを好きになろう、ヘンリーに感謝しようと何度心がけたことか。でもとうとう無理だった。セリーナはマグカップをキッチンのシンクに置き、兄嫁に言った。「私は野菜を洗うから、先に着替えてきたら？　そのあとで

「ダイニングルームを片づけましょう」

二人は一緒に黙々と働いた。皿を洗い終えると、アリスはシンクの脇《わき》へエプロンをほうった。「昼食は外へ行ってくるわ。子供たちが帰ってきたらお茶を出してあげて。それくらいしてよね」

セリーナは荷造りをすませて昼食にチーズサンドイッチを食べ、そのあと髪を洗った。洗いながらファンドーレンが仕事を紹介してくれたいきさつについて考えた。私の職探しのことはきっとバワリング先生から聞いたのだろう。そうだ、バワリング先生にこの家を出るのだと報告しなければ。

バワリングはちょうど往診のため自宅を出るところだったが、セリーナの顔を見るなり心配そうに言った。「しまった、うっかりしていた。実はイーフオから、君に仕事の件を伝えておくよう言われていたんだ」

「心配なさらないで、先生。彼が手紙で知らせてくれましたから。ミセス・ウェブスターには今朝会って、さっそく明日から雇ってもらうことになりました。ミスター・ファンドーレンには感謝の言葉もありません。くれぐれもよろしくお伝えください。でも、私が仕事探しで困っていることをどこで知ったのかしら」

「私が先日、彼と会ったときに何げなく話したのかもしれないな」バワリング医師が言った。「さてと、もう出かけなければ。手紙で近況を知らせてくれるね。幸運を祈ってる。頑張りたまえ」

血のつながった実の兄はバワリング医師のように親切ではなかった。その日の夕方、帰宅して事情を知ったヘンリーはセリーナを責め立てた。「まったく驚いたよ。そこまで恩知らずな妹とはね」

セリーナは動じずに言い返した。「本心では厄介払いできてほっとしてるでしょう？　以前のようにオーペアを雇えばなんの問題もないし、ヘンリー兄さんの懐にはそれだけの余裕が充分あるわ」

「マシューがこのことを知ったらどう言うかね」

「ヘンリー兄さんと同様にほっとするでしょうね。理由は少し違うけど。マシュー兄さんは私が新しい生活に踏みだすことを純粋に喜んでくれるわ」

翌朝、粗末な布の帽子をかぶった老人がかなり年季の入った車で迎えに来た。彼はしわくちゃの人の良さそうな顔でウェブスター家の庭師兼雑用係だと自己紹介し、セリーナの荷物を車のトランクに運んだ。見送りは誰もいなかった。ヘンリーは不機嫌そうにじゃあなと言って仕事へ出かけ、子供たちはセリーナがいようがいまいが関係ない顔で学校へ行った。アリスはまだベッドの中だ。ヘンリーの非難がましい説明によれば、気分が悪くて枕《まくら》から頭も上げられないらしい。

セリーナは助手席に乗り込んだ。後ろは一度も振り返らなかった。

老人はボブと名乗った。ウェブスター家で長年働いていて、妻と一緒に屋敷のそばのコテージに暮らしているそうだ。「女房のほうは家政婦で、料理やら何やらを受け持ってます。ほかには通いの若いお手伝いが毎日来ます」

「かなり大きなお屋敷なんでしょう?」セリーナはどんな環境なのか事前に知っておきたかった。

「そりゃもう、家も庭もだだっぴろいですよ。あのかごに入ってるのは猫ですか?」

「ええ。ミセス・ウェブスターには許可をもらってますけれど、あなたの奥さんはどうかしら。猫がお嫌いじゃないといいけど」

「嫌いなもんかね。うちのは動物はなんだって大好きだから。それにヘザーお嬢さんもきっと大喜びだ。前から犬や猫を飼いたがってますが、奥様が家に動物を入れるのが大嫌いときてましてね」

「まあ、本当に? ミセス・ウェブスターは特に何もおっしゃらなかったけど、パスも外で飼わなくちゃいけないのかしら」

ボブは笑った。「心配しなさんな。奥様はヘザーお嬢さんの面倒さえみてもらえれば、象の群れだって我慢しますよ。簡単に説明しておきましょう。旦《だん》那《な》様も奥様もティモシー坊ちゃんをものすごくかわいがってます。それでヘザーお嬢さんがへそを曲げてるってわけです。弟が生まれたとたん自分が構ってもらえなくなったんですから」

「なんだかかわいそう。聞いておいてよかったわ。どうもありがとう」セリーナは一家についてもっとあれこれききたかったが、ここは礼儀をわきまえて話題をペン村のことに移した。

ウェブスター家は村のはずれにある豪邸だった。緑色のよろい戸、練鉄の手すりのついたバルコニー、邸宅を囲む広大で手入れの行き届いた美しい庭。

「きれいな花壇ね。芝生もなんてみずみずしいのかしら」セリーナが感激して言うと、ボブは嬉しさを隠しきれない様子だった。

「庭のことはわしに一任されてるんです。奥様は庭にあんまりご興味ないからね」

「まあ、こんなすてきな庭なのにもったいないわ。ご主人のミスター・ウェブスターはどう?」

セリーナはボブと一緒に玄関の前であたりを見回した。

「庭どころか家にさえめったに帰ってきませんよ。さ、中へ入りましょう。女房のメイジーにコーヒーをいれさせます」

メイジーは小柄で丈夫そうな体つきの、もの静かな女性だった。にこやかな顔でセリーナをキッチンへ案内した。「よかったら、ここで私たちと一緒にコーヒーをどうぞ。寝室はもう用意ができてます。小さな居間があるのでそこも自由に使ってください。直接庭へ出られますから、猫の出入りにちょうどいいと思いますよ。それから、応接間とダイニングルームは奥様のいらっしゃらない間は締めきってあります」

セリーナはメイジーが勧めてくれた椅子に腰かけた。キッチンは広々として機能的で、高級なぴかぴかの最新設備がそろっている。コーヒーもメイジーの手作りケーキもとてもおいしかった。三人でしばらく打ち解けた雰囲気でおしゃべりしたあと、メイジーが言った。

「そろそろ寝室へ案内しましょう。荷物はボブが運んでおきましたから、ヘザーお嬢様が学校から戻るまでゆっくりしててください。お嬢様は私たちと一緒に食事をしてますが、よければ今夜からはお嬢様とあなたの分を居間へ運びます」

「でも、余分な手間をおかけするわ」

「とんでもない。正直言って私たちも夫婦二人だけのほうが気が楽ですから」

メイジーはセリーナとバスケットに入ったパスを二階の奥の部屋へ案内した。小さいが凝った調度の部屋で、バルコニーから庭を見渡せた。

「猫を部屋に入れるのはちっとも構いませんよ。バルコニーも自由に使ってください」

セリーナはメイジーに礼を言い、一休みしたらまた下りていくと言った。

ヘザーと一緒に過ごすことになる小さな居間は、なんとなく殺風景だった。あまり使われていないのだろう。花を飾ってクッションを置き、それから本も少し運ぼう。あとはパスがどこかにちょこんと座ってくれれば、だいぶいい雰囲気になる。

庭の周囲には高い壁がめぐっていて、パスを庭で遊ばせても安心だ。昼食の時刻まで時間はたっぷりあったので、セリーナはまだ警戒しているパスを連れて庭の探険を開始した。刈り込まれた芝、雑草一本ない花壇。どこもかしこも手入れが行き届いている。夏用の離れの脇の池には金魚が泳いでいた。美しいが、家族の憩いの場という感じはどこにもなかった。あまりに整然としすぎて人を寄せつけない雰囲気だ。ぶらぶらするうちにプールを見つけた。高い生け垣の裏にひっそりと隠れるようにして造られていた。

昼食は自ら希望してボブとメイジーと一緒にキッチンで食べた。「ねえ、ヘザーについて教えて。ミセス・ウェブスターは息子さんの病院に一刻も早く戻りたがっていて、詳しく話してもらえなかったの。ヘザーの学校はここから近い？　帰宅したらいつもお茶を飲む？　夜は何時ごろ寝るの？　友達は多いほう？　家にもたまに遊びに来るのかしら」セリーナははにかんで笑った。「質問がどっさりあるの」

「そうですねえ、まず年は十三で、なんでも自分の思いどおりにしたがる気の強いお嬢さんです」メイジーが答えた。「友達を家に連れてきたことは一度もないですね。いつも一人でテレビを見たりラジオを聞いたりして過ごしてます」

「寂しがりやかしら」

「でしょうねえ。前々から犬や猫を飼いたがってますが、奥様がお許しにならないんです。面倒なことは困るとおっしゃって」

ヘザーが帰ってきたとき、セリーナはパスと一緒に庭にいた。ヘザーはやせっぽちでぼさぼさ髪の、青白い顔の少女だった。顔立ちは美しいけれど、表情はみごとなまでのしかめ面だ。

「おかえりなさい」セリーナは明るく声をかけた。「ここでちょっと座らない？　それともすぐに家に入ってお茶を飲む？」

ヘザーはセリーナの前に立ちはだかった。「いつお茶を飲もうと私の勝手でしょ」

「わかったわ。だから大声を出さないで、ヘザー。パスがおびえるわ」

待ってましたとばかりに、パスが近くの茂みから頭をぴょこりと出した。

「わあ、猫！ 母がよく許したわね。私には絶対に飼うなって言うのに。面倒だからだめだって」もう、しかめ面は消えていた。

「パスがお利口だとわかれば、お母様だってきっと考え直すわ。そうしたらあなたも自分の猫を飼えるかもしれないわよ」

セリーナが再び芝生に腰を下ろすと、その横にパスが澄まして座った。

「なでてもいい？」ヘザーがきいた。

「いいわ。パスはそうしてもらうのが好きよ」

「母は猫を家に入れてもいいって？」

「ええ。ただし応接間やダイニングルームは遠慮したほうがよさそう。私の寝室と、私たちが使う居間だけにしましょう」

「私の寝室は？」

「もちろんオーケーよ。あなたとパスはもう友達だもの」

「あなたって話せる人かもね」

「そうであることを願ってるわ。さあ、家に入ってお茶を飲みましょうか。普段どんなふうに過ごしてるのか聞かせて」セリーナはパスを抱き上げ、家のほうへ歩きだした。ヘザーもすぐあとに続いた。

「毎日学校へ行ってる」ヘザーはよそよそしく言った。「それ以外の時間はべつに興味ないでしょうけど、一応教えとくわ。友達とテニスをしたり水泳をしたり……サイクリングしたり」

「そう、友達とね。ふーん」

「くだらないって言いたいわけ？」ヘザーはひねくれた口ぶりだ。

「そんなことないわ。私もテニスや水泳が大好き。自転車も長年乗ってるからお手のものよ。車の運転もできるわ」セリーナは笑った。「車はないけど」

「ボブとメイジーが使ってるミニを借りれば？　べつに私も一緒に乗りたいってわけじゃないけど」

「そうでしょうね、きっと退屈すると思うもの」セリーナは朗らかに言った。

お茶の時間もヘザーは相変わらずすねた態度だったが、セリーナは辛抱強く笑顔を絶やさなかった。

「ところで宿題は？」そうきくとヘザーは、宿題というのはサボるためにあると言い返した。「まあ、残念。宿題のあとであなたにパスの食事と散歩をお願いしようと思ったのに。パスは誰かと一緒に散歩するのが大好きだから」

ヘザーはセリーナをじっと見つめた。「弟は普段は遠くの寄宿学校に行ってて、両親が留守のときは決まって私の見張り役が来るの。いやな人ばっかり。でもあなたはそうでもないみたい」

そうよ、とセリーナは満足げに答えた。ヘザーは強情で生意気だが、それはたぶん誰からも愛されていない孤独感のせいだろう。えこじになった彼女の心を開かせるにはだいぶ苦労しそうだけれど、父親にかしずいて暮らした年月やヘンリーの家での数週間に比べればはるかにましだ。

その晩ヘザーがベッドに入ったあと、ミセス・ウエブスターから電話があった。彼女はセリーナが間違いなく家に到着したことを確かめただけで、娘の様子をきくでもなくさっさと電話を切った。

私はこの人をあまり好きになれそうにない、とセリーナは思った。

ファンドーレンもそれに同感だった。彼はミセス・ウェブスターに、ティモシーの回復は順調なので母親の付き添いはもう必要ないと言った。「ご自宅のほうが気がかりでしょうから、そろそろお戻りになってはいかがです？　息子さんの容態は病院へ電話で問い合わせれば……」

「とんでもない、ファンドーレン先生。私はこのままロンドンにいて、退院までティモシーに付き添ってやります。自宅のほうは心配いりません。ヘザーの面倒は先生の紹介してくださった女性に任せてありますし。教養のあるきちんとした方のようですね。もっとも最近の若い人のことですから安心はできませんが、彼女に銀器を持ち逃げされようとティモシーのそばを離れる気はありません」

ミセス・ウェブスターは自分の言葉に笑った。しかし、ファンドーレンはにこりともしなかった。

「彼女はそんなことをする人ではありません」彼は冷ややかに言った。「あなたは短い時間しか会っていないので、おわかりにならないんでしょう」

「先生は彼女をよくご存じですの？」

「本人だけでなく彼女の家族や知人のこともよく知っています。だいいち信頼のおけない人を推薦したりはしません。ミセス・ウェブスター、彼女はあなたにとって願ってもない人ですよ」

ミセス・ウェブスターはそれきり口をつぐんだ。一見落ち着き払っているファンドーレン医師が、内心では怒っていると察したからだ。

実際そうだった。同時に彼は、セリーナを助けるつもりが逆につらい境遇にほうり込んでしまったのではないかと不安になった。

セリーナのことがなぜこうも引っかかる？　彼は自分に困惑していた。これまでは仕事一本の生活だった。いずれは結婚するだろうと気軽に考えていたが、これはという女性になかなかめぐりあえなかった。バロウ・ヒルでセリーナに会うまで、結婚を意識したことは一度もなかったのだ。

もちろん恋の経験は過去にも何度かある。どれも冷めてしまえばきれいさっぱり忘れられる希薄な関係だった。だがセリーナを一目見て、ついに本物の恋に出会ったと確信した。彼女を絶対に妻にしようと心に誓った。とはいえきっかけもなしに強引にことを運ぶわけにはいかず、今のところは我慢強い傍観者に甘んじている。彼女が契約を終えてミセス・ウェブスターの家を出る際、運がよければもう一度会えるかもしれないと期待して。

ファンドーレンはミセス・ウェブスターを厳格な態度で送りだすと、机上のインターフォンに向かって看護師に次の患者を呼び入れるよう指示した。こうなったら、セリーナの人生が兄の家にいたときよりましであることを祈るしかない。なんとか口実をもうけて彼女に会いに行かなければ。

セリーナはそのころ、だいぶましな運命になったと感じていた。といってもヘザーにはかなり手を焼かされる。ワンピースが汚れてきたからそろそろ取り替えましょう、髪をとかしましょう、爪をきれいにしましょう、学校へは遅刻せずに行きましょう、ちゃんと朝食を食べましょう――何を言っても馬の耳に念仏だ。だがヘザーにも一つだけ弱みがある。パスだ。彼女はパスと接する際の態度にときおりふっとやさしさを見せ、一週間もするとセリーナに対してもだいぶ打ち解け始めた。

それを台なしにしないよう、セリーナはさらに気を配った。ヘザーが帰宅するとかたときもそばを離れず、学校の友達を家に連れてくるよう無理強いすることは決してなかった。一定の距離をおくことでヘザーはセリーナに徐々に信頼を寄せ、一緒にテニスや水泳をしたり、村まで買い物に行くようになった。セリーナはいい報告ができるとミセス・ウェブスターからの電話を心待ちにした。

だがミセス・ウェブスターは娘にまったく関心を示さず、あの子はおとなしくしてるんでしょうね、と険しい口調できくだけだった。セリーナに対してもねぎらいの言葉はいっさいなかった。

それでもセリーナはそれなりに生活を楽しんでいた。自由時間は充分あり、ヘザーが学校にいる間はキッチンで皿洗いを手伝ったり部屋に花を飾ったりした。メイジーにつき合って村へ買い物に行くこともあれば、ボブに頼んで庭仕事を手伝わせてもらうこともあった。だがヘザーが帰宅すれば大忙しだ。まずは宿題をサボりたがるヘザーを無理やり机の前に座らせ、宿題が終わるとテニスやクロックゴルフの相手をし、日によっては庭でただ座っておしゃべりした。

最悪なのは朝だ。ヘザーはぎりぎりまで起きず、起きたと思えば今度は朝食はいらないだの、なぜ学校へ行く必要があるんだなどと屁理屈《へりくつ》を並べた。

そんなある日、ミセス・ウェブスターは電話でセリーナに例によってティモシーの容態をくまなく説明したあと、こうつけ加えた。「そっちは特に報告することはないわね」

セリーナは繰り返し練習したとおりに言った。「ミセス・ウェブスター、ヘザーはとてもいい子にしています。母親が留守で心細いのに、全然不平を言いません。でも家族がいないのは誰だって寂しいはずです。どうかヘザーにペットを飼うのを許してやってください。彼女は愛情を注ぐものを必要としています。私の猫の世話もまめにしてくれます。責任感を身につけるためにも、彼女にぜひ自分の猫を飼わせてやってください」

「でもヘザーはペットを飼ったことがないのよ」

「もう充分に動物の世話ができる年齢です」

「そう、じゃあ本人の好きなようにさせて。まったく手のかかる子ね。ティモシーとは大違い。ただし自分で世話ができなければ、猫はすぐに捨てると伝えてちょうだい。そろそろ電話を切るわ」ミセス・ウェブスターは最後に冷たく言い添えた。「何かあったら責任はあなたにとってもらいますよ」

その日、学校から戻ったヘザーはぐずぐずお茶を飲み、教科書を持ち帰るのを忘れたから宿題はできないと言って庭のいちごを摘みに行った。ボブにまだ早いと止められたにもかかわらず。

夕食の時刻になったのでセリーナはヘザーを家に呼び入れた。そして小言の代わりにこう言った。

「今朝、あなたのお母様と電話で話したわ。いい知らせがあるの。だから機嫌を直したらどう？」

「どうせティモシーのことでしょ」ヘザーがふくれ面で言った。「甘やかされた生意気なちびよ。あんな子、どうだっていいわ」

「そう。せっかく猫を飼う許可が下りたのに」

「えっ、ほんと？　信じられない……」

セリーナは静かに言った。「今度の土曜日に村の動物保護センターへ行きましょう」

「わあ、やった！」ヘザーは立ち上がってセリーナに抱きついた。「私の猫でしょ？　家で飼ってもいいんでしょ？」

「そうよ。お母様が戻ってくるまでにしつけをきちんとしておけば、家に入れても文句なんか言われっこないわ」

「お願い、手伝って。ティモシーはまだすぐには退院しないんでしょう？」

「ええ。私がここへ来るときに一カ月半くらいって言われたから、まだ時間は充分あるわ」

土曜日、二人は村へ行って小さなやせたしま猫を選んだ。去勢手術をされた雄猫で、生後一年くらいだった。ヘザーは猫をセリーナが買ったバスケットに入れて持ち帰った。「名前はタビサにする」ヘザーは嬉しそうに言い、セリーナの頬にキスした。

タビサが家に来たとたん、ヘザーは反抗的で行儀の悪い少女から大変身を遂げた。たまにふくれたり生意気な口をきいたりはするが、以前よりだいぶ少なくなった。自分の愛情に応《こた》えてくれる生き物の存在は、ヘザーにとって貴重な発見だった。タビサはもの覚えがよく、しつけも順調だった。夜はヘザーが寝るまで一緒に遊び、昼間はヘザーが学校から帰ってくるのをおとなしく待った。パスとも大の仲良しになった。

猫と遊んでいるヘザーを見てセリーナは思った。これでミセス・ウェブスターも息子だけでなくヘザーにも少しは愛情を注ぐに違いないと。

ヘザーと別れるときはきっと寂しいだろう。扱いにくい面はあるが、彼女のことがだんだん好きになった。でももうじき私はいらなくなる。ミセス・ウェブスターの話だとティモシーは退院間近らしい。

セリーナは増えた貯金の額を思い浮かべ、今後の身の振り方を考えた。ミセス・ウェブスターの紹介状があれば、さほど苦労なく次の職が見つかるだろう。女性誌には今と同じような就職口がたくさん載っている。問題は次の仕事が決まるまでどこに住むかだ。ヘンリーの家へは二度と行きたくない。かといってペン村に部屋を借りれば、どうやりくりしても貯金はあっという間に底をつく。それに、ロンドンへ出たほうが仕事のチャンスは多いだろう。セリーナは不安に心が揺れた。だが運命は、彼女にまたしてもお節介を焼くことに決めた。

ファンドーレンは手術の執刀を依頼されロンドンに来ていた。患者は建物の三階から転落した幼い男の子だった。奇跡的に頭部に損傷はなく、骨折した脚の手術も成功した。だが体力と神経を要する難しい手術に、さすがのファンドーレンも疲労困憊《こんぱい》だった。ようやく病院を出ようとしたとき、ミセス・ウェブスターに玄関で呼び止められた。

「先生がこちらだと聞いたものですから。ティモシーのことも診ていただけませんの？」

「明日の朝、診察する予定です。十時でいかがでしょう」

「ええ、ありがとうございます。担当のグールド先生からは、そろそろ退院できると言われました」

「それはよかった。では急ぐので明日また」

ファンドーレンは車に乗り込んでから、ふと思った。ティモシーがもうじき退院ということは、セリーナも……。

翌朝、彼は病院に戻った。昨日手術した男の子の容態は安定していた。ファンドーレンは集中治療室を出て、整形外科にある自分の診察室へ行った。部屋ではすでにミセス・ウェブスターが待っていた。

彼はミセス・ウェブスターに朝の挨拶《あいさつ》をし、グールド医師と二人でティモシーを診察する間、ここで待っているようにと言った。診察の結果、ティモシーはいつでも退院できる状態だった。脚はまだギプスだが、松葉杖《まつばづえ》の扱いにもだいぶ慣れてきた。ファンドーレンは数日以内に退院できますよとミセス・ウェブスターに告げた。

「すぐ準備に取りかかります」ミセス・ウェブスターは張りきった口調で言った。「まず看護師を一人手配しますわ。いい派遣所を知ってるんです。退院のときは一緒に家まで来てもらって……そうなるとヘザーの相手をしてるあの女性はもう必要ないわね。すぐに出ていかせましょう。今日にも電話で荷物をまとめておくよう伝えなくては」

ファンドーレンはやんわりと言った。「どうでしょう、彼女には看護師が向こうに着くまでいてもらっては。息子さんを部屋へ運ぶのに誰かの助けが必要になるかもしれません。二日以内に退院の手続きをお取りになるなら、私もご自宅へ様子を見にうかがいます」

静かな声の裏に威厳が満ちていた。ミセス・ウェブスターは彼の言うとおりにするしかなかった。

セリーナは一カ月半という契約期間がすでに過ぎ

ていることに気づいていたが、ミセス・ウェブスターからの電話にはさすがに驚いた。

「二日後に退院よ。看護師がそっちに着いたら手を貸して」ミセス・ウェブスターは言った。「ティモシーを快適な状態に落ち着かせるのに誰か手伝いがいりそうだから。それが終わったら出てっていいわ。じゃ、メイジーを呼んでくれる？　指示することがあるの」

「はい、お待ちください」セリーナはメイジーに声をかけに行ったあと、二匹の猫が気持ちよさそうに昼寝している庭へ出た。あまりに突然だった。一週間程度の余裕はもらえると思っていたので、その間にロンドンへ行って安下宿を探し、なんでもいいから当面の仕事を見つけるつもりだった。こうなってはヘンリーの家に舞い戻るしかない。でもそのことよりヘザーとの別れのほうが今はつらかった。

ヘザーはセリーナにだいぶ心を開き、前よりははるかに幸せそうだった。友人も増え、自宅へお茶に招いて猫を見せたりするようになった。セリーナがお茶のときにヘザーに事情を話すと、ヘザーはいきなりわっと泣きだした。

「そんなのってないわ。どうしてもここを出ていかなくちゃいけないの？」

「そうよ。でもティモシーの看護師さんが代わりに来るの。きっといい人で、タビサのこともかわいがってくれるわ。学校へ行けば友達もいるんだし。看護師さんがここに着いたら、あなたのことをよろしくって言っておくわね。あなたに仲良くしようという気持ちがあれば何も心配いらないわ」

「セリーナはどこへ行くの？」

「しばらくは兄のところ。手紙を書くわ。あなたも書いてくれる、ヘザー？」

「絶対に書く。またここに遊びに来て。タビサと私に会いに来て」

「ええ、そうするわ。タビサもパスがいなくなって寂しがるはずよ。やさしくしてあげて」

セリーナは荷造りをしながら、看護師がいい人でありますようにと祈った。そして実際に看護師と顔を合わせたときは大きく安堵《あんど》のため息をついた。若くて親切そうな、笑顔の似合う女性だ。それでいて有能で動作がてきぱきしている。コーヒーでも飲んでてくださいとミセス・ウェブスターを早々に応接間へ追いやり、セリーナと協力してティモシーを手際よく寝室のベッドへ運んだ。

「じきにティモシーが目を覚ますはずだから、あまり時間がないの」看護師はセリーナに言った。「私はマギー。あなたの部屋へ行って簡単に引き継ぎをお願いできる?」

「今日からはあなたの部屋よ」セリーナはマギーを部屋へ案内し、ヘザーとタビサのことを話した。

「ヘザーは根はいい子なのに、親に構ってもらえなかったせいで少しひねくれてたの。今は猫を飼ってるおかげでだいぶ落ち着いて、学校でも友人が増えたみたいよ。母親と彼女との間の橋渡し役をお願い。ここへお茶に呼んだりもしてるわ」

「ええ、わかった。ヘザーのことは任せて。あなたはいつここを出るの?」

「今すぐよ」

二人がティモシーの部屋へ戻ると、そこへミセス・ウェブスターとファンドーレンが入ってきた。マギーはすぐに看護師の仕事に戻ったので、セリーナはそっと部屋をあとにした。そして玄関ホールでヘザーとばったり顔を合わせた。

「学校を早退してきたの。どうしてもセリーナにさよならを言いたくて。タビサはどこ?」

「キッチンよ。看護師さんはとてもいい人だから安心して。名前はマギー。きっと仲良くなれるわ」

ミセス・ウェブスターとファンドーレンがホール

に出てきた。彼女が言った。「ミス・ライトフット、用意はいい? ヘザー、ティモシーに会いたいなら部屋へ行きなさい。看護師さんもいるわ」

「手紙をちょうだいね」ヘザーはセリーナの腕に取りすがった。

「ええ、約束する。あなたも私が言ったことを忘れずに守って」

ミセス・ウェブスターはファンドーレンと握手したあと、彼がセリーナのスーツケースとバスの入ったバスケットを持ち上げるのをじっと見つめた。

彼は淡々と言った。「用意はいい、セリーナ?」それからミセス・ウェブスターに向かって言った。「ミス・ライトフットを送っていきます。何か心配なことがあればグールド医師に電話してください」

彼はセリーナの腕を取って車へ促した。荷物をトランクに入れ、バスを後部座席に乗せてから、セリーナの隣の運転席に乗り込んだ。

セリーナはやっと声を取り戻した。「あの……ご親切にありがとうございます。近くの駅で降ろしていただければ……」

「そう遠慮せずに」ファンドーレンはなだめるように言った。「どこへ行くつもりだったんだ?」

「仕事が見つかるまでは兄のヘンリーのところへ。あ、駅だわ」

「そうだが、お兄さんの家へ喜んで行きたいのでなければロンドンまで行こう。私はまだ二、三用事が残っているが、夕方にはすむ。そのあとでゆっくり話し合おう」

「何をですか? 話し合うことなんて何もないはずです。送ってくださったことには感謝してます。駅がだめならロンドンのどこかで降ろしてください。自分で泊まるところを探しますから」

「いいから私に任せなさい」ファンドーレンはきっぱりと言った。

4

ファンドーレンの決然とした口調に、セリーナはしばらく口をつぐんだ。たぶん彼は安心して泊まれる宿に心当たりがあるのだろう。ヘンリーの家に戻るよりロンドンのほうが仕事を見つけるチャンスが多いのも事実だ。でもB&Bなら自分で探せるし、手数料はかかるが紹介所だってある。

難しい顔つきで考え込むセリーナを横目に、ファンドーレンは黙々と運転を続けた。車はロンドンの郊外へ差しかかった。

「私のナニーをしていた女性の家へ向かっている」彼がようやく口を開いた。「チェルシーにある小さなコテージだ」説明はそこまでにした。馬屋を改造したその家が、自分のロンドンでの住まいであることは黙っていた。

「先方にご迷惑ではないんですか？　彼女はB&Bを経営してらっしゃるの？」

「ああ」生返事ですませた。セリーナの信用を失うことになろうがほかに選択の余地はなかった。彼女を不親切な兄の家へ行かせたくないし、いくら身なりのきちんとした女性でもそう簡単に下宿先は見つかるまい。所持金もたいして多くはないだろう。だから今は思いきって危険な賭《かけ》に出るしかないのだ、と彼は思った。

テラスハウスの並んだ路地に車が停《と》まり、セリーナはあたりを用心深く見回した。予想していた雰囲気とはだいぶ違う。ファンドーレンが助手席のドアを開けた。セリーナは車を降りてからもしばらく無言だった。この界隈《かいわい》は小さいが品のある家ばかりで、玄関先には月桂樹《げっけいじゅ》が植えられている。壁のペンキの色も素朴で趣味のよさを感じさせる。

「さあ、私のナニーに会ってもらおう」ファンドーレンはきまじめな口調でこぢんまりした家のドアを開け、ホールへセリーナを招き入れた。

「ここは馬屋を改造した建物なの？」セリーナは遠慮がちにたずねた。とてもしゃれた家だ。

ファンドーレンが答える前に奥からにこやかな顔の老女が現れた。すらりとした長身で背筋がしゃんと伸びている。細面の顔に鼻筋がすっと通り、目は黒く、白い髪は古風なひっつめにしている。

「彼女はミス・セリーナ・ライトフットだ。何日かここに泊まってもらう」ファンドーレンは老女に言った。「セリーナ、私のナニーをしていたミス・グローバーだ」

セリーナは老女の視線を全身に浴びながら無言で握手を求めた。ここはB&Bにしては上等すぎる。けげんな顔でファンドーレンを見たが、彼はそしらぬ顔でセリーナにジャケットを脱ぐよう促した。

「コーヒーでも飲んで一休みするといい。私はスーツケースとパスを運んでくるから」

ミス・グローバーには慌てたり迷惑がっている様子はかけらもなかった。セリーナは言った。「私、どういうことなのかよく……」

「わからなくて当然だ」ファンドーレンがすかさず答えた。「とりあえず私の言うとおりナニーと一緒にいてくれ。あとでゆっくり説明する」

彼は車へ戻っていき、セリーナはミス・グローバーに居間へ案内された。天井が低く、左右の壁に窓が、奥の壁に暖炉がある。家具は安楽椅子とどっしりしたソファ、窓の下の円筒形の引きだしテーブル、壁際には陶器や銀の置物を収めた弓形に張りだした飾り棚が置かれている。

「座ってゆっくりしてちょうだい」ナニーは羽根のように軽やかな声で言った。「コーヒーとビスケットを持ってくるわね。イーフォが戻ってきたら、じっくり話し合うことになるでしょうから」

「ええ、もちろんです」セリーナはきっぱりと言った。「彼にきちんと説明してもらいます」

ナニーは静かに言った。「身構えることはないのよ。イーフォは本当に頼りがいのある人だから」

じきに彼が部屋に入ってきて、パスのバスケットを床に置いた。パスはすぐにバスケットを出てセリーナの膝に飛びのった。

「説明してください」セリーナは言った。

「単純な話だ」彼はセリーナの正面の椅子に腰かけた。「ミセス・ウェブスターはティモシーの退院と同時に君を家から出ていかせると私に言った。そして今日、私は退院に立ち会って夫人と自宅まで同行し、君を送り届けるのを当然の役目と感じた。だが君はお兄さんの家へ戻りたがっていない。かといってほかに行くあてもない。よってこれが最善の方法と判断した。君をロンドンの街でさまよわせるわけにはいかないからだ。ナニーなら喜んで君を泊めてくれる。ここで身の振り方をゆっくり考えればいい」

「ここはあなたの家なんでしょう?」

「ああ、そうだ。イギリスへ来たときはここに滞在する。私もナニーも家を必要としていて、互いの条件がちょうど折り合った。むろん君がここに泊まりたくないなら、今すぐどこへでも好きなところへ送っていく。たとえば友人の家とか」

「ロンドンに友人はいません。ミス・グローバーさえよければ今夜はありがたくここでお世話になって、明日にも宿と職を探します」

彼はそれがいいとあっさり同調し、セリーナはなんとなくもどかしさを覚えた。

そこへナニーがコーヒーを運んできた。彼女は誰かが泊まってくれるのは大歓迎だ、遠慮なくゆっくり滞在してほしいと言った。ファンドーレンは出かけるために立ち上がり、すぐ戻ると言ってナニーのしわだらけの頬にキスした。セリーナには、早く希望の職に就けるといいねと言った。

彼が出ていくと、家ががらんとして感じられた。

「イーフォはいつもあの調子で、年がら年中飛び回ってるの」ナニーが言った。「明日の朝もライデンで手術ですって。フェリーで仮眠を取ればもう頭がさえてるそうだから、まさに不死身ね」

「じゃあ今夜中にオランダへ帰るんですか？」セリーナは平然をよそおってきいた。そうならそうと私に言ってくれればいいのに。でも、考えてみたら彼にそんな義務はない。彼は私にだけでなく誰に対しても親切なのだろう。セリーナの胸がちくりと痛んだ。私も明日の朝、ここを出よう。彼の厚意にこれ以上甘えたくない……。セリーナの思考は突然ナニーの声に中断された。

「どんな仕事が希望なの？」

セリーナは思ったままに言った。「できれば店員をやりたいんです。小さな村で何年も父と二人きりの生活だったので、これからはなるべく大勢の人と接したくて」

「あの猫ちゃんはどうするの？」

「できれば一緒に連れていくつもりです」

「落ち着き場所が見つかるまで何日だってここにいてちょうだい。それがイーフォの望みよ。ロンドンは物価が高いけど、お金のほうは大丈夫？」

「はい。父の遺産が少しだけあるし、ミセス・ウェブスターのところで働いた分もあります。当面は心配ないと思います」

「もしかしたらロンドンは初めて？」

「ええ。長く住むつもりはないですけど、足がかりにする場所にはいいだろうと思って。仕事のチャンスが多いでしょうから」

「あなたの言うとおり。さ、部屋へ案内しましょう。そのあとで一緒に昼食よ。食事の相手ができて私も嬉《うれ》しいわ」

昼食後の後片づけはセリーナが申し出た。それがすむと二人して居間でくつろいだ。

「イーフォとは長いおつき合いなの？」

セリーナは首を横に振った。「実は、彼のことはほとんど知らないんです」彼と会ったきっかけやその後のいきさつを説明した。

ミス・グローバーは黙って耳を傾けてから言った。「彼のアルバム帳があるの。お見せしましょうね」

ナニーが押す乳母車に乗った彼、ポニーにまたがっている彼、初めて自転車に乗った彼、学校の制服を着た彼——アルバムのページをめくるうち、角帽とガウン姿での受賞式の写真が何枚も続いた。若くて美しい女性たちと一緒に写った、新聞からの切り抜き写真もあった。

ナニーが言った。「新聞の切り抜き帳がまだ別にあるくらい有名人なのよ。でも鼻にかけるようなところは全然ないの」

「ナニーとしても鼻が高いでしょうね」

「ええ、本当に。さてと、お茶にしましょうか。明日から仕事探しならバスの時刻表がいるわね。あとで用意するわ。ただし一度に無理をしてはだめ。希望の職が見つかるまでここにいればいいのよ。そう遠くないところに大きなデパートがたくさんあるから、まずはそこから運だめししたら？」

その晩、セリーナはベッドで考え込んだ。何もかもがあまりに突然で、頭を一度すっきり整理しなければ。なのにファンドーレンの姿が脳裏をよぎり、冷静な思考をさえぎった。彼はオランダでどんなふうに暮らしているんだろう。奥さんや子供はいるのかしら。自宅はどこだろう。今度はいつイギリスへ来るのか。

「また彼に会いたい」パスに向かってぽつりとつぶやき、ベッドの中で体を丸めた。「そしてきちんとお礼を言いたい」

翌朝、セリーナはバスの時刻表と店員を募集していそうな店のリストを携え、意気揚々と出かけた。だが結果は思わしくなかった。仕事が決まらないうちは下宿も借りられない。

ミス・グローバーはその日の夕方、栄養たっぷりの夕食を用意してこう励ましてくれた。「近いうちにきっと見つかるわ。それまでここにいなさいな。私もそのほうが嬉しいの。明日はもう少し遠くまで足を伸ばしてみたら？」彼女は一流店の並ぶ有名なショッピング街から少し離れた大型店をいくつか教えてくれた。

そこでセリーナは翌朝、再び楽観的な気分で出かけ、再び落胆を味わった。心配するなと自分を懸命に慰めた。これほどの大都会なら、未経験の者を雇ってくれる店だってきっとある。新聞の求人欄を頼りにレストランにまで範囲を広げた。だが考えることは誰も一緒なのか、すでに別の応募者で埋まっていたり、未経験者はだめだと断られた。

コーヒーとサンドイッチの短い休憩をはさんで再びにぎやかなオックスフォード通りへ戻った。ここで運命が変わった。

照明があかあかとともった大きなスーパーマーケットを見つけた。中は客で混雑し、窓に従業員募集のポスターが張ってあった。職種は商品補充、勤務は早朝から夜までとなっていた。

店に入って問い合わせると、マネージャーはセリーナを見て開口一番に言った。「商品補充ってのは体力勝負だ。しかも朝早くから夜遅くまでだ。経験はあるのかい？」

セリーナはないと答えた。「でも体は丈夫ですし、朝早いのも夜遅いのも平気です。ちゃんと紹介状と推薦状もあります」

マネージャーはバワリング医師の手紙とミセス・ウェブスターの短い推薦状に目を通し、顔をしかめた。「あんたには勤まらないと思うよ。家庭教師や付き添い人と違ってこっちは力仕事だから」

「大丈夫です。私には仕事が必要なんです。必死で頑張りますから」

「うーん、わかったよ。じゃあ、あさってから来てもらおう。住んでる場所は？」

「あの、これから見つけます」

「だったらミセス・キーンをあたってみるといい。うちの女子従業員も何人か世話になってる。この界隈にしちゃ安くて清潔だ。給料は週払いで……」

提示された額は寛大とは言いがたかったが、それで充分だとセリーナは思った。

マネージャーに礼を言って店を出ると、ミセス・キーンの住所を探した。

赤煉瓦のあまりぱっとしない家だが、カーテンは清潔だった。呼び鈴を押すと家の中から怒鳴り声がした。「うちは何も買わないよ！」

「近くのスーパーマーケットのマネージャーに聞いたんです。部屋を貸してもらえませんか」

「あら、セールスマンじゃなかったのね。部屋ならあるよ。二階の裏手の部屋か地階。地階はちょっと暗いけど庭に直接出られるからお勧めだけど」

「見せていただけますか」

セリーナは通り沿いの階段を下りて地下のドアを開けた。暗くて湿った匂《にお》いがしたが、確かに家の裏手の庭へ出るドアがあった。ほかには小さな古いガス暖炉と簡易型の調理用ガスこんろ。家具は質素で、壁際のソファベッドと窓の下のテーブル、古い椅子が二脚。部屋の隅のカーテンで仕切った場所は服をつり下げておくためだろう。理想的な住環境には程遠いけれど、家賃はまずまず安かった。

「シャワーは一階だよ」ミセス・キーンが言った。

「一回につき二十五ペンス、二十分以内」セリーナをじろじろ見た。「あんた一人？」

「はい、でも猫が一匹……」

家主は肩をすくめた。「構わないよ。家の中をうろうろさせなければ」

セリーナは一週間分の家賃を前払いし、ファンドーレンとナニーの家へ戻った。仕事も部屋も希望どおりではないが、とりあえずこれで自立できる。いずれはもっといい条件に移れるだろう。

ナニーにはありのままを言いにくかったので、大きな店で仕事が見つかった、とだけ報告した。

「レジ係か何かなの？」

「いいえ、お客とは直接かかわらない部署なの」セリーナはあたりさわりなく説明した。「マネージャーがすぐ近くの貸部屋を紹介してくれたわ。庭に面したすてきな部屋よ」

「給湯や暖房、キッチンは？　ちゃんとあるの？」

「ええ、もちろん」嘘《うそ》にはならないだろう。やかんをわかせばお湯が使えるし、ガスこんろ二個とシンクがあれば立派にキッチンだ。

「仕事はいつから始めるの？」

「あさってです。だから明日中にミセス・キーンのところへ移っておこうと思って。ミス・グローバー、私やパスにいろいろ親切にしてくださってありがとう。感謝してます。いつか必ずご恩返ししたいわ」

ミス・グローバーは鼻を鳴らした。「なんだか寂しいわね。イーフォはあなたが元気に働いてるかどうか心配するでしょうから、私あてに手紙をちょうだい。きっとよ」

セリーナは必ずそうすると約束した。ただし自分の住所は入れないつもりだった。この控えめだがぜいたくな家を離れるのはなごり惜しい。ミス・グローバーと別れるのも寂しい。だが一番心残りなのは、ファンドーレンと二度と会えなくなることだった。

出発の準備が整い、ナニーがタクシーを呼んでくれた。イーフォに必ずそうするよう言われたからと。セリーナはパスを入れたバスケットと、少しばかりの衣類と小物をつめた荷物を持ち上げた。

別れ際、急に不安が押し寄せた。貯金ができる前に仕事を首になったらどうしよう。そこを追いだされたらほかに行くあてがない。このままナニーのもとに身を寄せているほうがいいのでは……。

弱気になってはだめ。自立するチャンスじゃないの。セリーナは必死で心を奮い立たせた。

貸部屋はじめじめしていた。長いこと風通しをしていなかったせいだろう。庭に出るドアも錠がさびついていた。セリーナはそのドアをどうにかこじ開け、パスを抱いて庭へ出た。

雑草だらけだったが、空き缶や空き瓶が転がっていないだけましかもしれない。それに、塀が高いので安心してパスを放しておける。

室内の物置にモップとバケツがあったが、この際徹底的に掃除しようと思った。忙しいほうがくよくよ悩まずにすむ。セリーナはパスをバスケットに戻し、ドアに鍵《かぎ》をかけて買い物に出かけた。

研磨剤、せっけん、ふきん、皿洗いスポンジ、バスタオル、やかん、鍋《なべ》、フォーク、スプーン――近所の日用品店にもかかわらずだいぶ出費がかさんだ。まだ食べるものも買わなければならない。

いったん出直して今度は食料品店へ行き、なるべく低予算を心がけた。帰宅すると買ってきたティーポットでお茶をいれ、ハムとチーズでサンドイッチを作った。パスにもほんの少し分け与えた。

午後遅くには拭《ふ》いたり磨いたりを終え、荷物から写真や小物を出して並べ、花瓶に花を生けて部屋を飾った。みすぼらしさが払拭《ふっしょく》されてだいぶ家らしくなった。セリーナは満足した気分で熱いシャワーを浴びようと一階へ上がったが、結局はまたしても掃除から始めることになった。ナニーの家の清潔で豪華なバスルームを必死に頭から追い払いながら。

　最初の数日間、新しい仕事はまるで悪夢だった。あまりのきつさに分別をかなぐり捨てたくなった。商品の梱包《こんぽう》をとく、棚に並べる。その繰り返し作業は延々と続き、しかも迅速さと確実さを求められた。朝のうちはまだよかったが、夜になると疲労は頂点に達し、しかもがらんとした売り場にたった数人だった。帰り道もこわかった。暗い夜道に暇を持てあました若者たちが群れ、不穏な空気が漂っていた。こういう我慢をしなければ収入は得られないのだ、と自分を説得した。それだけに一週目の終わりに給料を手にしたときは喜びもひとしおだった。

　二週間が過ぎ、新しいクッションと鮮やかなテーブルクロス、カーテンが加わり、部屋はぐっと明るさを増した。シンクの横の作りつけの棚には食糧がずらりと並び、パスにひもじい思いをさせる心配もなくなった。幸せだと思わなくては。

　しばらくしてミス・グローバーに手紙を書いた。住所は書かず、仕事と部屋についてはかなり脚色した。それを近くのポストに投函《とうかん》し、こう思った。これでナニーを安心させられる。もちろんミスター・ファンドーレンのことも。もしかしたら、彼はとっくに私のことなど忘れているかもしれないけど。

　実際はその逆だった。彼はセリーナが出ていった数週間後、ナニーのもとに手紙が届く前、短い滞在でロンドンを訪れた。ナニーはセリーナの別れ際の不安げな表情をいたく心配していた。ファンドーレンは彼女はしっかり者だから心配ない、とナニーを励ましたが、内心は不安でいっぱいだった。

　セリーナのことが頭からずっと離れなかった。彼女と出会うまでは仕事一筋の毎日で、結婚はいずれ愛する人に会えたときにと考えていた。ところが何年も待ってようやく現れた理想の女性は、どこかへ姿を消してしまった。仕事はそう簡単には見つからないだろうから、当分ナニーと一緒にいるだろう。そう高をくくった自分が悔やまれてならなかった。

彼はなすすべなくオランダへ帰り、病院での手術や診察の日々に戻った。その三週間後、再びロンドンへ来た。今度はナニーに手紙を手渡された。彼は文面を慎重に読んでから消印を見た。

「あまり望ましくない地区だが、少なくとも彼女のだいたいの居場所がわかった」彼はセリーナの形式ばった文章に眉をひそめた。「たぶん住んでいるか働いてるかしている場所で投函したんだろう。もう少し場所をしぼり込めばなんとかつきとめられるかもしれない。郵便局に問い合わせてみよう」

「彼女を行かせるんじゃなかった」ナニーがしょんぼりして言った。

「ナニーのせいではない。誰が止めても彼女は出ていったよ。一人前の分別ある大人なんだから。きっと彼女なりの目標があったんだろう」

「居場所がわかるといいですねえ」

彼はほほえんだ。「なんとかやってみるよ。あと数日はロンドンにいられるし、今回はわりあい自由になる時間がある」

彼は協力してくれる郵便局の責任者を根気強く探しあてた。

ロンドンのその地区は運よくさほど広くなかった。ファンドーレンはロンドンの市街地図を広げて目標地域を丸で囲った。翌日、病院での仕事を終えると車で中心街を抜け、小さな商店がぎっしり並ぶ通りへやって来た。高級ブティックや個性的で瀟洒《しょうしゃ》な一戸建て住宅の界隈からはだいぶ離れている。確かな目標はなかった。たぶん店を一軒一軒訪ね歩くことになるだろう。手紙の文面からは何もわからず、それ以前に彼女がナニーに大きな店で働くと言っていたことが唯一の手がかりだった。

ファンドーレンはショッピング街から探し始めた。夕方の買い物客や長い一日の仕事を終えて家路につく人々で混雑し、想像以上に時間がかかった。たらい回しにされた末、ようやくマネージャーが従業員名簿を持って現れてくれた。だが次々と空振りに終わり、やがて時刻は九時を過ぎた。彼は疲労と空腹に頭がくらくらした。すでに店じまいした商店がほとんどだ。続きは明日にしよう。そう決心し、車を方向転換させるため脇道《わきみち》に入った。

その瞬間、スーパーマーケットのまばゆい明かりが目についた。目抜き通りからはずれていたため見過ごしていたらしい。ファンドーレンは車を降りて正面入口のガラス扉を押したが、鍵がかかっていた。そこで建物の裏手に回ろうと細い通路をたどると、奥で二人の作業員が小型トラックから降ろした荷物を台車に積んでいた。店内への通用口が開いている。ファンドーレンは作業員たちに気さくに挨拶《あいさつ》し、悠々と中へ入った。

店内は体育館のように広々としていた。等間隔に並んだ通路に食料品の棚が高々とそびえ、その前で従業員が賞味期限の切れた商品を新しい商品と入れ替えていた。三列目の通路にセリーナがいた。床に膝をついて棚の下のほうにグリンピースの缶詰を並べている。懸命に作業に没頭しているが、ほかの従業員に比べてあまり手際はよくない。

ファンドーレンはそばに立って無言で彼女を見つめた。いいようのない感慨を覚えた。やっと見つけた。もう二度と失いたくない。

「やあ、セリーナ」

振り向いた彼女の顔に一瞬喜びがよぎったかに見えた。あるいは錯覚だろうか。

セリーナが立ち上がった。「どうしてここがわかったんですか？　それによく入ってこられましたね。もう閉店時間を過ぎてるのに」

「誰にも呼び止められなかった。それよりどうして逃げたりしたんだ、セリーナ？」

彼女は赤くなった。「逃げてなんかいません。働くことは言っておいたはずです」

「だがどこで働くかは言わなかった。ナニーへの手紙にも住所を書き忘れた」

「忘れたんじゃありません。それにしてもなぜここがわかったんですか？」

「消去法だよ。一軒ずつ探し回った。仕事はいつ終わるんだい？」

セリーナは腕時計を見て答えた。「あと三十分くらいです」

彼はうなずいた。「そのころにまた来る」

セリーナは仕事に専念しようと心がけ、棚の一番上にアプリコットの缶詰を補充した。店が戸締まりされるまでに全部の商品を所定の場所へ並べなければならない。ファンドーレンと再会できたことは嬉しいが、事態は何も変わらないのだ。

最後の缶を並べ終えた瞬間、店内の照明が一段落とされた。全員が帰り支度にとりかかった。セリーナはナイロンのエプロンをはずしてロッカールームへ行き、ジャケットを手に通用口へ急いだ。ファンドーレンが戻ってくる前に出てしまおう。といっても、彼はもう気が変わってナニーの待つ家へ帰ってしまったかもしれない。

彼はドアのすぐ外で待っていた。「逃げられるんじゃないかと気が気でなかった」彼は冗談めかして言った。「マネージャーに会ってきたよ。話のわかる人だね。今日限りで仕事を辞めていいそうだ」

セリーナは彼を穴のあくほど見つめた。「どうしてそんな勝手なことを？　苦労して見つけた仕事なのに、いったいどうして？」

ほかの従業員たちはみんな帰ってしまい、通路には二人だけが取り残された。

ファンドーレンはセリーナの腕を取った。「近所に住んでるんだろう？　そこへ行こう。家主には私から説明する」

「お断りよ。あなたとなんかどこへも行かない。あなたがここへ来た目的すら知らないのに。とにかくもう行って。私は家に帰るわ」

「いい考えだ。そこでじっくり話そう」

「何を話すっていうの？」

彼は黙ってセリーナを車へ促した。「行き先を教えてくれないか」彼は穏やかにきいた。セリーナは怒りをこらえ、しぶしぶ道順を言った。

セリーナが部屋の鍵を開ける間、彼はずっと無言だった。ドアが開くと彼は腕を伸ばして明かりのスイッチを入れた。二人は中へ入り、彼が後ろ手にドアを閉めた。沈黙を破ったのはセリーナだった。

「快適な住み心地よ。庭があるからパスも……」

パスが奥から出てきてセリーナの脚に体をすり寄せ、それから嬉しそうにファンドーレンに近寄った。

セリーナは彼を振り向いて言った。

「どういうことか知らないけど、とにかく話が終わったらすぐに出てって。私、人をもてなしたい気分じゃないの。明日はまた朝七時半から仕事……」

「それはもうないよ、セリーナ」彼は椅子を引き寄せた。「さあ、座って話そう」

セリーナが椅子に腰かけると、彼はもう一方の椅子に座り、膝に飛びのったパスをなでた。こんな質素な部屋にいても、さもくつろいだ様子だ。

「君を見つけだすのにだいぶ苦労したよ」

彼は穏やかに話しつつ、自分が不確かな未来へこぎだすのを感じた。なんとかしてセリーナを妻にできないかと考えた末、ようやく決めた方法だ。だが自分の愛が通じるかどうか自信はない。彼女は甘ったるい夢や空想にすがる女性ではないだろうし、自分が彼女に好かれているのかどうかさえわからない。良き友人として接することから始めなければ。

「まずは正直に答えてほしい。君は今のままの生活で幸せかい？　この部屋や仕事に満足かい？」

「まだ始めたばかりだわ。誰にでも出発点は必要よ。こだわってる場合じゃないと思うわ」

「質問の答えになってない」

「望んでいた生活とは違うわ」彼が黙ったままなので、仕方なく続けた。「確かに幸せではないけど、一生このままのつもりはないわ。いずれ別の仕事を見つけて部屋も引っ越すわ」

「私がここまで追いかけてくるとは驚いただろう。ろくに知りもしない相手なのに変じゃないかと。だがね、私は君をいい友人だと思っている。前々から結婚するなら自分のようにロマンスより深い理解と信頼を大切にする、親近感を持てる女性をと思っていた。過去につき合った女性は何人かいるが、結婚を考えたことは一度もない。だが私のような職業にはそばにいてくれる伴侶《はんりょ》が必要だ。社交上のつき合いが多く、海外出張も頻繁にある。私が仕事に専念できるよう秘書の役目も果たしてほしい。ある意味では結婚は契約だ」彼はセリーナを静かに見据えた。

「私たちは必ずうまくやっていける。私には妻が、君には将来が必要だ。結婚してくれないか、セリーナ」

「私がいずれ誰かを好きになったら？　あなただって将来、理想の恋人に出会うかもしれないわ」

「私は三十七歳だ。過去に出会えなかったのに、今後出会えるチャンスがどれだけあるだろう。君のほうはどうだい？」

「私は……恋愛経験はなきに等しいわ。グレゴリーも恋人とは呼べない。彼が私と結婚したがった理由は愛情以外のものだったから」セリーナはため息をついた。「私自身、愛を本気で信じているのかどうかわからない」

「それでも好意や友情や、誰かと興味を分かち合って暮らすことには意味を感じるだろう？」

「ええ。正直言ってあなたには好意を持ってるわ。初対面のときから不思議な懐かしさを覚えたの。幼なじみに再会したような」

「私もまったく同じことを君に感じた。表現を変えれば、安らぎだ」

彼はほほえみ、セリーナも笑みを返した。こんなに穏やかな気分は久しぶりだった。

「私の家に、ナニーのもとへ戻ってくれるかい」

「ここの家賃を前払いしたばかりよ」

「私が家主にかけあってくるから、君は荷物をまとめてくれ」彼は椅子から立ち上がってパスをそっと床に下ろした。

「でも、本当に正しい選択なのかしら。あなたに何もかも決めさせてる。こんなときに誰か相談できる人がいたら……」

「思いきって実行することも必要だよ。さあ、荷造りだ。私は明日オランダへ戻らなければならない。急いで計画を話し合おう」セリーナの問いたげな表情に彼は続けた。「私たちの結婚式のことを」

「待って。私はまだ……」セリーナは慌てて言ったが、彼はもう出ていったあとだった。

セリーナが荷造りに取りかかると、パスはバスケットの中でおとなしく待った。この地下室はヨーヴィルの家よりひどい。だが嬉しいことにチェルシーのあの快適な家に戻れるらしい。パスは暖かいキッチンでナニーからもらったごちそうを思いだし、長いひげをぴくぴくさせた。

セリーナはふと手を止め、窓辺へ行って真っ暗な小さな庭に目を凝らした。私はファンドーレンに会った驚きで理性を失ってしまったのだ。冷静に考えれば彼と結婚なんてできるわけがない。荒唐無稽《こうとうむけい》な常識はずれの話だ。明日の朝、スーパーマーケットで仕事に復帰させてくれと頼み込もう。家主のミセス・キーンにも手違いだったと説明しよう。

ファンドーレンが戻ってきて、荷造りが中断している様子を見て快活に言った。「どうやら迷ってるらしいね」

「迷う？」セリーナはすねた口調で言った。「迷うどころか、袋小路で身動きできない状況よ」

彼は部屋へ入って荷造りを手伝い始めた。「だったら解決の道はただ一つ。私と結婚することだ。親友同士の契約としてね」

彼はセリーナの服をていねいにたたみながらきいた。

「ほかに何か入れるものは？」

セリーナは写真や小物を急いでかき集めた。急にどっと疲れが出た。とりあえずナニーのところで今夜一晩ぐっすり眠ろう。頭がすっきりしたらファンドーレンの提案をきっぱり断って、新しい仕事を探そう。荷造りを終えるとジャケットを取ってパスのバスケットのふたを閉め、彼に用意ができたと静かに告げた。

「ただしお世話になるのは今夜だけよ」

「だめだめ、この際はっきりさせておくよ。私は君に結婚を申し込んだ。君は正気であればそれを承諾するはずだ。くれぐれも言うがこれは契約で、君が自分の役目を引き受ければ私もきちんと本分を果たす。私には妻が必要だ。君は私が心に描いていた妻の理想そのものだ。さあ、わかったら行こう。君はどうだか知らないが、私は早く夕食にありつきたいんだ」彼は明るくほほえんだ。「パスのバスケットを持ってくれるかい？　スーツケースは私が運ぶ」

5

チェルシーへ向かう車中、ファンドーレンは終始無言だった。だが家に到着するとミス・グローバーに明るく言った。「ただいま、ナニー。人間二人と猫一匹、すきっ腹を抱えてのご帰館だ」

ミス・グローバーがにこやかに出迎えた。「十分以内に用意しますよ。パスにもごちそうをね」そして彼女はセリーナに笑顔を向けた。「あなたの部屋も用意ができてますよ。食事までの間、荷ほどきしてらっしゃいな」

セリーナは言葉が見つからず、黙って勧めに従った。それがすんで再び階下へ戻ると、ナニーにキッチンへ呼ばれた。

キッチンは清潔で機能的な設備が整っていた。それでいてずらりと並ぶ銅製の鍋《なべ》やフライパン、小型のアーガのガス調理台、古めかしい木の食器棚、ウインザーチェア、白いテーブルクロスをかけたテーブルに、ほのぼのした温かみが漂っている。食卓には三人分の席が用意されていた。

パスはアーガの前でごちそうの皿に鼻をうずめ、ファンドーレンは食器棚にもたれてパンをかじっていた。彼はセリーナに気づくとパンを置き、彼女のグラスにドライシェリーを注《つ》いだ。

「食前酒だ。ぐっと食欲が出る」彼は朗らかに言ってセリーナの向かいの席に座った。三人は鶏《とり》をワインで煮込んだココヴァンを食べながら、なごやかに語らった。ナニーもファンドーレンも何ごともなかったかのようにセリーナに話しかけ、気おくれしている彼女をさりげなく会話に引き入れた。

デザートはカスタードとメレンゲをたっぷり使った

たクイーン・オブ・プディングだった。三人ともそれを食べ終えたところでファンドーレンが言った。

「セリーナ、すぐにベッドへ行くといい。かなり眠そうだからね」

セリーナは眠気と闘いながら言った。「でも話し合っておかないと……あまりに唐突で、いまだに何がなんだかわからないわ」

ファンドーレンは落ち着き払って言った。「今晩ぐっすり寝ればきっとわかる」

彼は立ち上がってセリーナをドアへ導いた。彼女は素直におやすみの挨拶《あいさつ》をし、同様に寝床を心待ちにしているパスを抱いて二階へ上がった。お風呂の中では自分はどうかしていると落ち込んだが、ベッドに入るとあっという間に眠りについた。

翌朝は早く目が覚めた。熟睡したおかげで頭がすっきりし、自分らしさを取り戻した気がした。ファンドーレンにきっぱり言おう。親切には感謝しているが、一刻も早くここを出るつもりだと。

着替えを終えて静かに階下へ下りた。朝早いので家の中はしんとしている。だがファンドーレンはもっと早起きだった。彼はホールに面した書斎のドアから顔を出し、セリーナを部屋へ呼んだ。

「気持ちのいい朝だね」柔和な笑顔で彼は言った。「ナニーも君の起きた音に気づいただろうから、じきにお茶を持ってきてくれる。朝の一杯のお茶か。オランダにはないすばらしい習慣だ」

セリーナが朝食後にここを出ていくことを言いそびれていると、ドアが開いてミス・グローバーがお茶とビスケットを運んできた。

「おはよう、セリーナ」ミス・グローバーは歯切れよく言った。「あと三十分くらいで朝食よ」

ミス・グローバーが出ていき、ファンドーレンがセリーナに向かってきいた。「砂糖は?」

彼は机の前でマグカップを手に悠然としている。

対照的にセリーナは緊張して室内を見回した。

こぢんまりした書斎は、壁が本でぎっしり埋めつくされている。机はロココ風の優美なチッペンデール様式。その上に書類や医学専門誌やコンピューターがところ狭しと置かれ、散乱した患者に関するメモで電話が半分覆い隠されている。なのに部屋の快適さは少しも損なわれていない。ふかふかの絨毯《じゅうたん》、本棚の隙間《すきま》を飾る美しい花の絵、窓には純白のモスリンのカーテン。冬になれば古風な趣の小さな暖炉がさらに快適さを演出してくれるだろう。

「話があるんだね？」彼がやさしく促した。

「ええ、つまりその……」セリーナは逃げだしたい衝動を抑え、勇気をふりしぼった。「ゆうべはあまりに突然のことで、考える余裕がなかったの。あなたの好き勝手にさせて、職も家も失ってしまったわ。でも結婚はいくらなんでも……」

「私はあくまで真剣だよ」ファンドーレンはおごそかに言った。

セリーナは彼を見ないで続けた。「そうだとしても筋が通らない。あなたなら望みどおりの女性と結婚できるはずよ。見えすいた謙遜《けんそん》はやめて。女性の知り合いは大勢いるんでしょう？」

彼はほほえんだ。「それは否定はしないが、結婚したいと思う相手は誰もいない」

「ちゃかしてる場合じゃないわ」

「もちろんだ。私は大まじめだよ」

「だったら……」セリーナは言葉につまった。こんなことを言い合ってもきりがない。「結婚はとにかくナンセンスよ」

ファンドーレンは椅子の背にゆったり体を預けた。「ゆうべ言ったことをもう一度繰り返そう。私は妻を必要とし、君は将来を必要としている。私たちは互いにうまが合う。それこそ結婚に何より大事なことだ。君もその点では同意しただろう？　それに私たちはもう若くは……」

「私は二十六歳よ」

「もちろん君はまだ充分に若いけれど、分別のわかる年齢ではある。グレゴリーと違って私は君を見せかけの愛で釣ったりはしないし、彼よりはるかに人生経験豊かだ。こう言っては失礼だが、君にはうぶでお人よしな面がある。そういう女性となら楽しく充実した生活を送れると確信している。むろん私も君を幸せにできるよう全力を注ぐつもりだ。あらためて言おう。私と結婚してほしい。どうかイエスと言ってくれ」

「私は生活の安定だけを目的に結婚はしないわ」

「わかってるとも」

彼は温和な表情を崩さなかった。

セリーナはゆっくりと言った。「いいわ。あなたが本当にただの良き伴侶《はんりょ》を望んでいるなら」

彼は机を離れ、セリーナに歩み寄って手を取った。

セリーナはキスされるのかとどぎまぎした。

「さあ、握手だ」彼は快活に言った。「朝食の席でさっそく細かい計画を話し合おう」

「べつに計画なんて」セリーナは拍子抜けした気分だった。キスしてくれたらいいのに……。

「それは話し合ってみないとわからない」

ベーコンエッグを食べながら彼はきいた。

「式は近くの教会がいいかな。それとも副牧師をしている君のお兄さんにお願いするかい？」

「マシューのこと？　いいえ、彼は私を嫌ってはいないけど理解もしてくれてないから。相手がグレゴリーなら話は別だけど。兄は二人ともなぜかグレゴリーのことは気に入ってたの」セリーナは眉をひそめた。「うまく説明できなくて……」

「だったらしなくていい。わかっているつもりだ。では私たちだけで静かに式を挙げて、すぐオランダへ戻ろう。それでいいかい？」

セリーナはうなずいた。「もちろんよ。あなたの家族へのご挨拶もあるし」セリーナはトーストにバターとマーマレードをたっぷり塗った。「あなたはオランダのどこに住んでいるの？」

「ハーグに近い小さな村だ。妹が二人いるが、どちらも結婚している。父は昨年他界した。母は北部のフリースラント州にいる」

彼はカップに二杯目のコーヒーを注いだ。

「明日オランダへ帰ったらさっそく身内に知らせるよ。それからハーグ・ポスト紙と、タイムズ紙かテレグラフ紙のいずれかに婚約を発表しよう」

「まあ、イギリスでも？」

「この国にも私の同僚や友人が大勢いるし、君のお兄さんたちのことも考えてだ。式に招待したっていいんだよ。バワリングにはぜひ来てもらおう」

「ええ、賛成」

「さっそく外国人用の特別結婚許可証を申請する。式はフェイス教会で挙げよう。近所にある小さなかわいい教会だ」

セリーナはファンドーレンが自分の意向を逐一確認してくれるのが嬉《うれ》しかった。独断的な父親やヘンリーのもとでの生活に比べると雲泥の差だ。

「式は質素にしましょう。つまりその、ウエディングドレスはなしで……」

彼はにっこり笑った。「もちろんだ。その日にオランダへ渡るからドレスを着替える暇はないからね。だいいち君なら何を着てもすてきだ。ところで式に必要なものをそろえるお金はあるかい？」

「ええ、父の残した五百ポンドが」

「全部使い果たすといい」

セリーナはクリスマスツリーのてっぺんに妖精《ようせい》の飾りをつける少女のように、うっとりした顔になった。ファンドーレンはそれを見て妹たちの結婚式での表情を思い起こした。

「ウェブスター家でのお手当もあるわ」

「それも全額はたくんだ」

「両方足すとかなりの金額よ」

「セリーナ、今後の生活については何も心配いらないんだ。わかったね」

朝食が終わると彼は言った。

「いくつか用事があるから三十分ほどはずすよ。そのあとで一緒に指輪を選びに行こう」ドアの前で立ち止まった。「次回、私がロンドンへ戻ったときに挙式をと考えている。今日ロンドンでの予定がすんだら、しばらくはオランダを出られそうにない」セリーナは黙ってうなずいた。「君を急《せ》かすつもりはないんだが、結婚を延ばす理由はどこにもないからね」

「ええ。ヘンリーとマシューには電話で知らせておくわ。それじゃ三十分後に」

セリーナは最初にマシューと話した。彼は予想どおり驚いたが、慎重な口調でうまくいくよう祈っていると言い、すぐに妻のノーラに代わった。

「ずいぶん手際がいいこと」ノーラはとげとげしく言った。「油断ならないと前々から思ってたけど、案の定ね。男をさっさと引っかけたわけ。私たちに式に出てもらおうなんて期待しないで」

「初めから招待するつもりはないわ」

ヘンリーはあからさまに不満を口にした。「あきれてものが言えない。ここを出るなり手当たりしだいに男をあさったらしいな。しかも外国人だ。失敗して泣きついてくるなよ」

「兄さんなんて頼らないし、失敗するわけないわ。私は今後オランダで暮らすことになるから、どうぞご心配なく」

「私はおまえの兄だ。兄としての責任がある」

「お断りよ」セリーナは毅然《きぜん》と言い返した。「これからは夫を頼りにするわ」

セリーナは受話器を置いた。

「ひどいわ」つぶやいて後ろを振り返ると、ドアのそばにファンドーレンが笑顔で立っていた。

「頼りがいのある夫になるよう頑張るよ。どうやらお兄さんたちは結婚に反対らしいね」

「今に始まったことじゃないわ。あの人たちは私のことで何か賛成してくれたためしがないの」

「特別結婚許可証を申請した。友人たちも式に喜んで参列してくれる。さあ、ジャケットを取っておいで。買い物に出かけよう」

彼は有名な高級宝石店へセリーナを連れていった。二人は静かな小部屋へ案内され、指輪を次々に見せられた。「わからないわ。私、宝石には全然縁がなかったから」セリーナはとまどった。

「大丈夫、自信を持つんだ。サファイイヤはどうだい？　きっと似合うよ」ファンドーレンが言った。

「あなたにお任せするわ」セリーナは目の前のきらびやかな宝石にすっかり圧倒されていた。

ファンドーレンが選んだのは、ローズ色がかったダイヤモンドを周囲にあしらったサファイヤの指輪だった。セリーナは自分もきっと同じものを選ぶだろうと思った。ただし彼とは違って値札を気にして躊躇《ちゅうちょ》しただろう。彼が値段を気にとめなかったのは現実にそれだけの経済的余裕があるからだが、何よりまず深い愛情ゆえだった。彼がそれをセリーナの指にはめると店員がにっこりした。その店員にとって宝石が売れた喜びよりも、真実の愛を目の前にした喜びのほうが大きかった。

家に戻ってコーヒーを飲みながら、今度はファンドーレンは言った。「婚約指輪が決まったら、今度は結婚指輪だ。デザインについて何か希望は？」

「プレーンなゴールドがいいわ」セリーナは薬指に輝くサファイヤをうっとりと見つめた。「とってもきれい。ありがとう、イーフォ」

「銀行に連絡しておいたから、君が手持ちのお金を使い果たしたときは頭取に連絡するといい。電話番号は書斎の机の上だ。彼が万事しかるべく手続きしてくれる。君はなんの心配もいらない」

「ありがとう」とまどいがちに続けた。「オランダではたくさん服がいるのかしら。あなたは社交的な場にちょくちょく出かけるの？　買うのは向こうへ行ってからのほうがいい？」

「確かに出かける機会は多いだろう。私の友人や家族、親戚《しんせき》に加えて病院関係のつき合いもある。だが当分は心配ないよ」

セリーナはコーヒーを飲み終えた。不安の種は心のどこにもなかった。

二人は親友同士のように過ごした。互いのことはほとんど知らないにもかかわらず、不思議と一緒にいて心がなごんだ。

夕方になり、彼はセリーナの頬にかすめるようなキスを残して出かけた。セリーナは急に孤独感を覚えた。ばかね、感傷的になって。セリーナは気を取り直して買い物リストを作った。五百ポンドといえばかなりの大金だと思っていたが、ショーウインドーの値札を見てそうでもないとわかった。だがほかに給料の貯金もある。将来のまさかのときのためだったが、今なら安心して使える。

リストはどんどん増えたので、慎重に見直してなくても困らないものはできる限り削った。明日は下見にじっくり時間をかけよう。

ナニーが居間へ来て、いつもの椅子に背筋を伸ばして座り、静かに編み物を始めた。彼女がそばにいるだけで安心した。なんだか自分のおばあちゃんみたいだ。セリーナはさらにリストに品目をいくつか追加しては消した。

「イーフォはブルーが好きよ」ナニーがそれとなく言った。「ヒヤシンスのような淡いブルー。それにピンクも。イギリス人がローズピンクと呼んでるような色よ。殿方ってたいがいピンクが好きね」

「それなら式にはピンクかブルーを着たほうがいいわね、ミス・グローバー」

「ナニーって呼んで。そうね、私が口出しすることではないけど、それがいいと思うわ」

「あとあと着られるワンピースとジャケットの組み合わせはどうかしら？」

ナニーはうなずいた。「ただしジャケットはなるべくあっさりしたものをね。あなたの柔らかいプロポーションならフリルやレースは必要ないわ」

新しい服を買う仕事がぜん楽しく思えてきた。ナニーの配慮の行き届いた助言のおかげだ。

「言うまでもないことだけど、一着の上等の服のほうが三着の安物よりずっと価値があるのよ。殿方はそういうことを決して見逃さないわ」

セリーナはその殿方はイーフォのことだと受け取った。さらに翌朝出かける際、ナニーにこう言われた。

「疲れないようちゃんと休憩をとるのよ。一日で全部決めようとしてはだめ。お目当てのものはちゃんとあなたを待っててくれるわ」

セリーナは自分の身を気づかってくれるナニーの気持ちがとてもありがたかった。こんなに弾む気分は何年ぶりだろう。

夕方までに帰宅し、ナニーとゆっくりお茶を飲んだ。今日は何も買わなかった。「目についたものがいくつかあったけど、はっきりイメージが固まってから買うほうがいいと思って」

「賢明な判断よ」ナニーが言った。「時間はたっぷりあるから焦ることないわ。よかったら小さなブティックものぞいてみたら？　イーフォの妹たちも結婚前にここを宿にしてリージェント通りへ買い物に行ったわ。店の名前は忘れたけど、請求書が残ってるはずだから探しておきましょう」

セリーナは翌朝、希望に胸をふくらませて再び出発した。そして奇遇にも、教えてもらったブティックに淡いブルーのドレスとそろいのジャケットを見つけた。試着するとサイズもぴったりだった。

かなり値は張ったが最初から覚悟していたし、下着や化粧ガウンを買う程度のお金は残った。帰宅するとさっそくナニーの前でドレスを着てみせた。

「申し分ないわ」ナニーが力強く太鼓判を押した。

「きれいな色だこと。ほかには何を買う予定?」

数日かけて結婚式用の帽子と靴とシンプルな朽ち葉色のジャージーのワンピース、スカート、それからブラウスも何枚か買った。

新しい服はていねいに梱包《こんぽう》し、式用のドレスはクローゼットにかけた。ナニーの家事を手伝ったり、近所の公園を散歩したりもした。イーフォからは短い電話があった。元気かい? お兄さんたちは式に来ないのかい? ナニーと楽しくやってるかい?

セリーナは多忙な彼をおもんぱかって手短に答えた。

不思議にもセリーナにもう迷いはなかった。ロマンスと無縁の結婚のほうが、かえって余計な期待や嫉妬《しっと》に煩わされず長続きするかもしれない。

イーフォは数日後の晩に戻ってきた。セリーナはナニーの手伝いで毛糸を巻いていたが、彼を見るなり慌てて立ち上がり、毛糸玉が床に転がった。

「まあ! てっきり電話があると思ってたから、びっくりしたわ……」

「ただいま、セリーナ、ナニー。すっかり家庭的な雰囲気だね」イーフォは穏やかに言った。

ナニーは静かに編み物を下に置いた。「三十分後くらいに夕食にしましょう。いい旅だった?」

「ああ。かなり空腹なことを除けばね」

セリーナは毛糸玉を拾って再び椅子にかけた。イーフォにとってオランダとイギリスとの往復は日常茶飯事で、いちいち騒がれたくはないだろう。なのに電話がなかったことを責めるような言い方をするなんて、とんでもない失策だ。

イーフォは鞄《かばん》を持ったままいったん書斎へ行き、戻ってくるとセリーナの向かいに腰かけた。

「退屈しなかったかい？」

「いいえ。買い物に行ったり公園を散歩したりしてたわ。そうそう、トーマス牧師が訪ねてきてくださったの。とても親切な方ね」

それきり話題につきてしまった。もっと機知に富んだ会話術を身につけなければ。セリーナは歯がゆい思いで、毛糸巻きの作業を緊急の仕事であるかのように黙々と続けた。

イーフォは身を乗りだして毛糸をセリーナの手から取った。今すぐ彼女を抱きしめてキスしたい。だが今のもろい関係が壊れてしまう気がしてできなかった。「不安になったりしなかったかい？」

「いいえ、一度も。あなたのほうは？ 私って一緒にいて退屈でしょう？ 父以外の人間と口をきかない生活が長かったから」

「退屈どころかとても心が休まるよ。帰宅したとたん機関銃のようなおしゃべりではかなわない。こういう静かで穏やかな雰囲気が好きなんだ」

「本当に？ 仕事が忙しいだけに気晴らしを求めてるのかと思ってた」

「もちろん気晴らしは必要だ。ふさわしいときにたっぷりとするよ」

「わかったわ」セリーナが答えたとき、ナニーの声が食事の支度が整ったことを告げた。

「君も一緒に来てくれないか？ 結婚式のことを話し合おう」

食卓で彼は、三、四日ロンドンにいる予定だと言った。

「最終日の午後に挙式して、その日の夕方にハリッジからオランダ行きのフェリーに乗ろう。双胴船だからあっという間に自宅だ。どうだい？」

「ええ、賛成」セリーナは努めて事務的に答えた。急に将来が眼前に押し寄せてきた。「トーマス牧師はこんなに急で引き受けてくださるかしら」

「彼にはもう電話で頼んだ。午後三時ごろがいいそうだ。それなら式のあとオランダへ発《た》つまでここで一息つける。みんなでお茶を飲もう」

「あなたは式の前はここにいられるの？」

「難しいだろうな。病院を二時過ぎには出たいが、たぶんもう少し遅くなる。ここでナニーと待っていてくれるね」

「ええ」

淡々とスムーズに話が進んだ。彼はまるで歯科医の予約を話し合うかのような口調だった。「急かすようだが、私は来月から今以上に忙しくなる。だからその前に式を挙げておきたいんだ。私が仕事にかかりっきりの間、なんだったらこの家でナニーと一緒にいてもいいよ」彼はほほえんだ。「君を寂しがらせないよう努力する。私にはイギリス人の友人も何人かいるからそのうちに紹介しよう。みんなきっと大喜びだ」

夕食後、彼はセリーナにやさしくおやすみを言った。

「私はまだ少し仕事が残っている。明朝も早く出かける。お茶の時間には戻るからそのときに」

それから三日間、同様のパターンが続き、いよいよ式の当日を迎えた。

その日も彼は朝から出かけ、セリーナが朝食に下りたときにはすでに姿はなかった。あまり食欲はなかったが、ナニーに言われてゆで卵を一個食べた。刻一刻と式が迫るにつれ、セリーナもさすがに落ち着きを失ってきた。だが逃げだしたい気持ちとは違う。深い水に飛び込む前の武者ぶるいのようなものだと自分でわかっていた。

漠然とした不安はあったけれど、心の底では彼との結婚がうまくいくことを確信していた。互いに気が合い、楽しみを分かち合い、無理強いや束縛は決してない。きっと穏やかで満ち足りた関係を築けるだろう。バワリング医師からの手紙もセリーナを勇気づけた。式には妻と一緒に喜んで出席する。イーフォと君は必ず幸せになるよ。そう書かれていた。

セリーナは朝食後に散歩をし、そのあとナニーの心づくしの昼食を少しだけつまんだ。食欲はなかったが、オランダへの船旅にそなえて栄養をとっておくようナニーに言われた。昼食のあとはナニーの結婚式用の帽子選びを手伝った。

いよいよ自分が着替えるときだ。

ブルーのドレスはとても美しかった。新しい靴も履き心地がよく、サテンのリボンがついた小さなつばの帽子も薄茶色の髪によく映えた。等身大の鏡で最終チェックしたあと、セリーナはジャケットを手にイーフォを待つため階下へ行った。

ナニーはキッチンにいた。セリーナがドアからのぞくと、居間で座っているようにと言われた。「落ち着くのよ」ミス・グローバーはナニーらしい口ぶりで言った。「とってもきれい。自信を持って」

その言葉でやっと安心できた。ナニーに合格点をもらえればイーフォも同感のはずだ。セリーナはつめものをした背もたれの椅子に座り、ドレスを汚す心配も忘れてパスを膝に抱き上げた。

時計を見ないようにしたが徐々にそわそわしてきた。イーフォは式に間に合うだろうか。

ようやく彼が帰宅した。

「とてもきれいだ、セリーナ」彼は部屋の入口でほほえんだ。「私もすぐに支度してくる」

彼は気品漂うグレーのスーツに銀色のシルクのタイで現れ、セリーナの膝からパスを下ろした。

「さあ、行こう」彼の言葉を合図にセリーナは立ち上がった。

二人とも無言のまま教会に着き、セリーナは彼に手を添えられて車を降りた。静かな路地の古めかしい小さな教会だった。路上には誰もいない。ナニーもバワリング夫妻も中にいるのだろう。教会のポーチで、イーフォはベンチの上に用意されていたブーケをセリーナに渡した。薔薇《ばら》、小さな百合《ゆり》、鮮やかなグリーンの葉、甘い香りを漂わせるストック。

「一緒に幸せになろう」彼はそう言ってセリーナの腕を取り、中央通路をトーマス牧師の待つ祭壇へと進みでた。

バワリング夫妻、ナニー、トーマス牧師夫人が笑顔で振り向いた。通路は白やピンクの薔薇で飾られていた。午後の太陽が祭壇上のステンドグラスに差し込み、空気は芳《かぐわ》しくまろやかだった。セリーナはイーフォの隣で幸福感に浸った。不安はみじんもなかった。牧師の問いに彼女は凛《りん》とした声で答えた。

やがて結婚の誓いを終えた二人は、生まれたての夫婦として通路を戻り、車でコテージへ帰った。

ナニーは結婚式の帽子をかぶったまま客たちにお茶をふるまった。きゅうりのサンドイッチ、一口サイズのスコーンとスポンジケーキ、手作りのウエディングケーキ。和気あいあいと会話が弾み、いつかオランダで会おうと互いに約束し合った。

間もなくイーフォとセリーナの門出の時刻になった。パスはバスケットに入り、スーツケースは車のトランクに積み込まれ、みんな口々に別れの挨拶を交わした。セリーナはコートをはおり、式でかぶった帽子をパスのバスケットと一緒に後部座席に置いた。やがて遠ざかる車の中、見送りの人々に手を振りながら彼女は急に混乱を覚えた。でももう後戻りはできない。そう自分に言い聞かせた。

イーフォが静かに言った。「セリーナ、引き返すなら今だよ」

彼の穏やかな声にセリーナは落ち着きを取り戻した。「いいえ、引き返したくない。あなたは言ったでしょう、一緒に幸せになろうって。その言葉を信じてるわ」

ロンドンを抜けたあとは快調に飛ばし、車窓はやがて牧草地と田園の風景に変わった。

「フェリーで食事しよう」イーフォが言った。「フークの港から家まではすぐだが、それまでに疲れが出るといけない。早めに栄養補給だ」

「お昼は食べられた？」

「いや、時間がなくてコーヒーとサンドイッチですませた。君は？」

「時間はあったけど食欲がなかったの」

「じゃあ船でゆっくり食事だ」

二人は仲良くいろいろなことを語り合った。たとえ恋愛感情抜きでも、生まれたときからずっと一緒にいたような安らぎを覚えた。セリーナは満足げにため息をもらした。イーフォも彼女の幸福そうな表情を見てすっかり夢心地になった。

船旅は快適だった。食事の席でイーフォは家族や仕事についてセリーナの質問にていねいに答えた。ハーグから二キロ足らずの小さな村で、先祖代々の家に暮らしている。仕事はハーグの大病院が中心だが、ライデン大学の医学部で講義と外来診療にもあたっている。ほかにイギリスを初め多くの国の病院で特別顧問を務めていて、手術や診療で年中飛び回っている、などなど。

「忙しい身だが、君に寂しい思いはさせない。それに、可能な限り君にも同行してもらうつもりだ」

セリーナはぜひそうしたいと答えた。「私に至らないところがあったら遠慮なく言って」

「わかった。だが不安がることはない。私の友人はみんな英語を話すし……」

「私もできるだけ早くオランダ語を覚えるわ。レッスンを受けてもいい？」

「もちろんだとも」彼は腕時計を見やった。「間もなく下船の時刻だ」

左側通行の交通ルールを除けば街の様子はイギリスと変わらなかった。君も車を運転するといい、と彼に言われてセリーナは不安そうに答えた。「でも慣れるまでが大変そう」

「気長にやればいい。さあ、家はもうじきだ」

セリーナは少し疲れを覚え、再び激しい不安に襲われた。「自分の家に帰るのが待ち遠しいでしょうね」気弱な口調できいた。

「ああ、君と一緒だからなおさらだ」彼はセリーナの膝に軽く手を置いた。「セリーナ、これからは私たち二人の家だ。君を幸せにできるよう精いっぱい努力するよ」

彼はハーグの郊外へと車を走らせ、のどかな田舎道へ差しかかった。広大な畑、それに沿って流れる運河。都会の明かりはすでにはるか後方だ。

「うっかり見過ごしてしまいそうな小さな村だよ」イーフォが言った。「だがとても静かで、ハーグにも近くて便利だ。すぐに君の車を買おう」

「当分は自転車にしておくわ」でも、地位ある外科医の妻が自転車に乗るのはまずいかしら。

その心配は無用だった。「いい考えだ。このあたりの人間はみんな自転車を愛用している」

二つの農場を過ぎると片側は森となり、教会を中心に小さな家々が集まった集落が現れた。

「その角を曲がったら村に到着だ」

セリーナはイーフォの漠然とした説明しか聞いていないので、どんな家なのか想像がつかなかった。たぶんこぢんまりした田舎風の建物だろう。飾り気のない、どちらかというと質素な。だが車が煉瓦《れんが》の門柱をくぐり抜けたとたん予想は大はずれとわかった。煉瓦造りの家は荘厳な石のファサードを持ち、二段の踏み段を上がると優美なデザインの玄関扉。大きな窓は精巧な三角破風をのせ、質素どころか華麗で堂々とした大邸宅だ。セリーナは不安な思いで美しいファサードを見上げた。貴族の館《やかた》と呼んでも決して大げさではない。

車が停《と》まった。「先にそう言ってくれたらよかったのに」彼女は少しすねた口調で言った。

イーフォが穏やかにきいた。「気に入ってくれたかい？　ここが私の生まれ育った愛する我が家だ。君にとっても我が家になるよう祈ってるよ」

彼は車を降り、助手席側のドアを開けてセリーナに手を差し伸べた。

「目を見張るばかりの豪邸ね」

彼はセリーナの腕を取った。「さあ、中へ。みんなが待ってる」

6

ドアを開けたのはずんぐりした体格の白髪で威厳のある男だった。ファンドーレンは彼の背中を軽く叩《たた》いて言った。「ウィム、ただいま」

そのあとはすぐにオランダ語になり、最後にセリーナを振り返った。

「セリーナ、ウィムには長年この家のことを任せている。いわば家族の一員だ。彼の妻のエリーは料理や家事を担当している」

セリーナはウィムと握手した。「ようこそ奥様」

彼は手ぶりで広い玄関ホールへ招いた。そこには使用人が勢ぞろいしていた。ファンドーレンは彼らにオランダ語で何か言い、全員がセリーナと代わる代わる握手を交わした。エリーはウィムに似て顔も体型もふっくらしていた。長身でほっそりした女性はネル、背が低くころころ太った女性はリン、年老いた男性は庭師のドームス。彼の横のすらりとした脚の若者はコー。ファンドーレンが順に一人ずつ紹介した。皆、満面の笑みでセリーナを迎えた。

こんなに使用人がいたなんて驚いたわ。前もって言ってくれればよかったのに。セリーナがイーフォを見上げると、彼は涼しい顔で言った。

「エリーが寝室へ案内してくれる。十分ほどしたら夕食だ」

セリーナは促されるままホールの奥のらせん階段をのぼった。二階の廊下にはドアがずらりと並び、エリーがその一つを開けると広々した部屋だった。二つの窓の正面に四柱式ベッドがあり、窓にはさまれた壁のマホガニーのテーブルに銀の鏡と燭台《しよくだい》が置かれている。ベッドの脇《わき》にもテーブルが一台ずつあり、それぞれに陶磁器のランプが載っている。リクライニング式のソファは繊細な美しい模様のブロケードの布に覆われ、そろいの布が窓やベッドスプレッドにもあしらわれていた。とても豪華な部屋だ。セリーナは躍る胸で室内のバスルームのドアを開けた。内部には反対側にもう一枚ドアがあり、飾り気はないが快適そうな別の寝室とつながっていた。セリーナはもとの寝室へ戻り、鏡の前で髪を直した。イーフォがこれほどぜいたくな暮らしをしていたとは想像もつかなかった。内心動揺していた。

階下へ戻ると彼がホールで待っていた。

「こっちだ」そう言ってセリーナをホールに面した部屋へ促した。そこは羽目板張りの壁で、奥の庭に出られる大きな窓があった。「夕食の前にキャスパーとトロッターに会わせたくてね」

セリーナは彼のあとについて窓辺へ行った。窓が開くなり二匹の犬が飛び込んできた。ゴールデンラブラドルと小型のグレーハウンドだ。二匹はファンドーレンの回りを嬉《うれ》しそうに飛びはねた。

「セリーナだよ。さあ、挨拶《あいさつ》しなさい」

セリーナはしゃがんで二匹をなでた。「かわいいわ。どっちがどっち？」ファンドーレンの返事を聞いてびっくりした。「まあ、おちびちゃんのグレーハウンドのほうがトロッター？」

「引退したレース犬なんだ。譲ってくれた男が言ってたよ。まさに駆けるために生まれてきた犬だってね。もうかなりの老犬だが遠出が大好きだし、キャスパーとの相性も抜群だ」

イーフォは見るからに二匹をかわいがっている様子だ。「私を気に入ってくれるといいけど」セリーナは心配げに言った。「父が反対してたから、犬は飼ったことがないの。私もこの子たちの散歩におともしたいわ」

「いいとも。明日の午後、君に周辺を案内がてら行こう。私は午前中は病院だが昼食には戻る。さあ、では夕食だ。もう腹ぺこだよ」

「私も」

二人は楕円形《だえんけい》の大きなテーブルについた。卓上には美しい輝きの銀器とグラスが並び、中央には花が飾られている。丸くこんもりしてブライダルブーケのようだ。セリーナがはにかんで口に出せずにいると、代わりにイーフォが言った。「花をごらん。ウィムが今夜の私たちにふさわしい演出をしてくれてる。エリーの料理も楽しみだ」

彼の予想どおり結婚式の晩餐《ばんさん》にふさわしいメニューだった。トリュフソース仕立てのアーティチョーク、細長く切って揚げたポテトストロー、サーモンのグリル。有終の美を飾ったのはメレンゲに焦げ目をつけたボンブ型のアイスクリーム、ベークドアラスカ。もちろんシャンパンを添えて。

セリーナは旺盛《おうせい》な食欲でエリーの努力に報いた。

かなり遅い時刻だが食事のおかげで気分が一新し、新しい人生の実感がわいた。このあとはコーヒーでも飲みながらイーフォとのんびり語らうのもいい。セリーナはそう思ったがイーフォは違ったようだ。

「今日一日疲れただろうから、もう休みなさい」彼はいたわるように言った。「何か必要なものは？」

「いいえ、今のところないわ。朝食は何時？」

「八時だ。だが私はその前に出かけてしまっているだろう。何か欲しいものがあればウィムに遠慮なく言ってくれ。じゃ、明日また昼食のときに」

イーフォはドアを開け、通り過ぎようとしたセリーナの肩にそっと手を置いた。

「今夜はぐっすりおやすみ。話す時間は明日たっぷりある。村を案内したあと君の質問になんなりと答えよう」彼は身をかがめて唇に軽くキスした。初めての口づけだった。「花嫁姿、きれいだったよ」

誰かにきれいだと言われたのは初めてだ。セリーナは穏やかに言った。「あなたの良き伴侶《はんりょ》になるよう努めるわ、イーフォ」

セリーナは熟睡のあと、朝のお茶で目覚めた。シャワーを浴び、身支度を整えて階下へ行くと、ホールで待っていたウィムに応接間の裏の小部屋へ案内された。窓際に小さなテーブルが置かれ、そこに朝食が用意されていた。セリーナが席につくとキャスパーとトロッターが椅子の両側に陣取った。二匹は期待をこめた目でセリーナを見上げた。迷ったが誰も見ていないのだからと思い、トーストのかけらを犬たちにおすそ分けした。

朝食がすんでホールへ出ると、ウィムが静かに近づいてきて簡単な英語で言った。「犬たちと庭を散歩なさってもいいですし、応接間には新聞を用意しておきました。十時半にコーヒー、昼食は旦那《だんな》様がお帰りになる十二時半ころの予定です」

セリーナは礼を言い、手持ちぶさたな気分で庭へ出た。広大で美しく、周囲を高い煉瓦塀《れんが》に囲まれている。探索を兼ねて犬たちを庭の隅々まで駆け回らせた。ベルベットのような芝生、多年草で縁取りした花壇、ローズガーデン、ラベンダーの垣根と板石の歩道。煉瓦で囲った一画にキッチンガーデンもあり、野菜畑の畝が整然と並んでいる。レタス畑で作業中のドームスがこちらに気づいて立ち上がった。言葉が通じたらいいのに、と思いつつセリーナは挨拶した。早くオランダ語を覚えよう。

家の中へ戻ってコーヒーを飲み、新聞に目を通した。だがじきにそぞろな気分になってホールへ行き、周囲のドアを順に探険した。応接間、ダイニングルーム、朝食に使った小部屋。使用人が出入りするベーズ布のドアを除くと残りは二つ。片方はイーフォの書斎だった。中へは入らず戸口からのぞいた。大きな机と椅子、本棚、読書灯。彼はここで仕事や調べものをするのだろう。家の中でここだけ隔絶されたような静けさが漂っている。セリーナはドアを閉めて廊下を横切り、最後のドアを開けた。図書室だった。窓は家の横手に面し、壁は本でぎっしりだ。

そっと室内へ入り、本の背表紙を丹念に眺めた。ドイツ語、フランス語、幸いにして英語の本もたくさんある。医学書だけでなくイギリスの古典文学や現代のベストセラーも。快適そうな椅子を添えた読書用テーブルが数台あり、雑誌も何種類か置いてある。この家にいれば退屈知らずだろう。歴史の重みを感じさせる荘厳な家、美しい庭、元気な犬に親切な使用人たち。

セリーナは梯子《はしご》を使って本棚の上段にある本を眺めた。そこへイーフォが入ってきた。

セリーナは重い本をもとの場所に戻して梯子を下り、少し息を切らしながら言った。「勝手に入ってしまったけど、とてもすてきな図書室ね」

彼がそばへ来た。「好きなときにいつでも使っていいよ。ここは君の図書室でもあるんだ。読書は好きかい？」

「ええ。残念ながら今まではあまり時間がなかったけど。午前中は忙しかった？」

「ああ、非常に。この状態があと一、二週間は続くだろうが、折を見て君を病院へ連れていこう。みんなに早く君に会わせろとせっつかれてね」

「病院で働く医者や看護師さんたち？」

「まずは医者からだ。三、四日後にどうだい？　その前に買い物に行ったほうがいいかな。明日の朝、私が出勤するときに一緒にハーグへ出て、一人でぶらぶらしてみるかい？」

セリーナの手元にはもうあまりお金はなかった。だが彼の同僚と会うにはそれなりの服装が必要だ。彼が買い物を勧めた理由もきっとそれだろう。

彼はセリーナの困惑した表情を察してさりげなく言った。「大きな店ではたいがい私のつけがきく。もちろん前もって君にまとまった金額を渡しておこう」彼はドアのほうへ行きかけた。「さあ、お昼だ。午後は犬を連れて近所を散歩しよう。お茶のあとも君とゆっくりできる」

セリーナは動こうとしなかった。「知ってのとおり私にはもう自分のお金がないわ。でもイーフォ、あなたのお金に頼りたくはないの」

彼はドアを開けてそこに寄りかかり、淡々と言った。「セリーナ、君は私の妻なんだよ。私のものは君のものだ。気に入った服を好きなだけ買ってほしい。服以外もだ」彼はほほえんだ。「君を妻として誇りに思っている。それを忘れないでくれ。お金のことでこだわるのはこれきりだ。君は好きなものを買い、請求書は私に回す。いいね」

「ええ、ありがとう」

二人は長年の親友同士のようになごやかに昼食を終え、キャスパーとトロッターを連れて外へ出た。

セリーナは行き交う人々の視線を意識しまいと努めた。この平穏で小さな村にとって私はちょっとしたニュースなのだろう。立ち止まっては村人らと挨拶した。皆ににこにこしてセリーナと握手し、イーフォと冗談を言い合った。村を抜けるとイーフォは細い脇道へ折れた。片側に牧草地が広がり、黒と白の牛が草をはんでいた。大きな家畜小屋も見える。

「オランダって、どこもこんなに牧歌的なの?」

「いいや。南東部のリンビュルグ州はもっと起伏が多い。北部は言わずと知れた湖沼地帯で、私は夏にはそこでヨットに乗る。フリースラント州に小さな農場を持ってるんだ。羊と牛と鶏、あひる、それと鵞鳥《がちょう》が少しいる。君はそういうのは好きかい?」

「ええ、もちろん。でもここのあなたの家が一番好き。我が家のような懐かしさがあるわ」

彼はセリーナの腕を取った。「そうとも、現実にここは君の我が家だ。私たちの家なんだ」

彼は口笛で犬を呼び寄せ、再び村への道をたどった。帰りは行きより大勢の村人と顔を合わせた。

セリーナは皆と握手し、笑顔で簡単な会話を交わした。彼らと一日も早くなじみたいと思った。

翌朝、二人はハーグへ車で出かけた。イーフォは車を病院の駐車場に入れてセリーナと一緒に徒歩でショッピング街へ行き、休憩や昼食の際のお勧めの店と、病院へ戻る道順を教えた。

「たぶん何も問題はないだろう」彼は軽く言った。「私は四時ごろに仕事が終わる。病院の守衛に君の名前を告げれば、必ず私に伝わるはずだ」彼はちらりとセリーナを見た。「一人で大丈夫だね」

セリーナはお金がぎっしりつまった財布を思い浮かべ、力強くうなずいた。

大型デパートの正面には一流店が軒並みだった。セリーナはショーウインドーを順に眺めていった。ブティック、宝石店、しゃれたカフェ。そのうちに、あるブティックの前で足が止まった。ショーウインドーにドレスとジャケットが、しゃれた金色の椅子を小道具に優雅にディスプレイされていた。蜂蜜色《はちみつ》のシルクとウールの混紡生地で、あっさりしたデザインだ。「だいぶ値が張るわ」セリーナはつぶやいてから思いきってドアを開けた。

試着するとサイズもイメージもぴったりで、迷わず買うことにした。ドレスに合わせて靴とストッキングも買った。それからカフェに立ち寄ってコーヒーを飲み、最後に高級老舗《しにせ》デパートの〈バイエンコルフ〉で普段着を探した。売り場ごとにイーフォへの請求書扱いができるかどうか確認しては、シンプルなワンピース、スカート、ブラウス、カーディガンを買った。デパート内のレストランで昼食をとったあと、再び通りへ出た。レインコートとイブニングドレスも必要だろう。イーフォは顔が広いから、いずれ夫婦で夕食に招待されることもあるはずだ。

具体的なイメージのないまま歩き続けるうち、ようやく気に入ったドレスを見つけた。シルクシフォンのシンプルなデザインで、微妙な色合いの淡いピンクだった。開きすぎていない襟ぐりと細い長袖《ながそで》が、イーフォの友人との夕食や彼と外で食事する際にぴったりだと思った。ドレスに合わせてハイヒールのサンダルも買った。

ひとまずこれで充分。セリーナはしゃれたカフェで一息ついた。病院へはタクシーで戻ろう。二杯目のお茶を飲んでいたとき、店にイーフォが現れてセリーナのテーブルへやって来た。

「予定より早く終わったから、ポーター役を務めようと思ってね」彼は床に折り重なったショッピングバッグを見やった。「存分に楽しんだかい？」

「ええ、おかげさまで。お茶は？」

「もう注文した。ケーキはどうだい？」

「もう一個食べたの」

「私がお茶を飲んでる間、あと一個入るだろう？　買い物では言葉に不自由しなかったかい？」

「いいえ、問題なかったわ」セリーナはチョコレートのケーキを選んだ。「今日は忙しかった？」

「ああ」

彼のそっけない返事にセリーナはやや間を置いて言った。「私、本当に関心があってきいたのよ」

イーフォは思わしげにセリーナを見た。「じゃあこれからは、毎晩私のその日の仕事について退屈な話を披露しようか」

「ええ、ぜひそうして」やがて二人はカフェを出て、車で帰途についた。車内では長年の夫婦のように平和な雰囲気だった。まさにこれがイーフォの望む関係なのね。セリーナはなんとなく悲しかった。でも悲しむ理由がどこにあるんだろう。彼が幸せならそれでいいはずなのに。

翌日からイーフォはライデンやユトレヒトで手術が続き、毎晩疲れきった顔で帰宅した。セリーナは話しかけるのを遠慮して応接間で静かに編み物をした。彼へのクリスマスプレゼントにセーターを贈ろうと、ハーグで毛糸を買ってきたのだ。クリスマスはまだ当分先だが、編むのが遅いうえ複雑な編み柄だから今から編んでちょうどだろう。

ある晩、セリーナの気配りが報われた。

「君のおかげで心が休まるよ、セリーナ。疲れたときには君がそうやって編み物をする姿を思い浮かべるんだ。ちょっとした精神安定剤だね。あと二日もすれば少し手がすくから、いよいよ君を同僚たちに紹介しよう。この数日間退屈しなかったかい？　しばらくほったらかしですまなかった」

「退屈なんて。トロッターとキャスパーの散歩に、エリーとの料理についてのおしゃべり。たまにウィムの手伝いもするのよ。おかげでオランダ語をだいぶ覚えたわ」

「それで思いだした。君のレッスンをさっそく手配するよ。じゃ、金曜日の朝は私と一緒に病院へ来てくれるね」

「ええ、喜んで。買ったドレスを着たくてうずうずしてたの。待ち遠しいわ」

「買ったのは一着だけかい？」

「スカートとブラウスを何枚かと、ワンピースも二着買ったわ。そのうちの一着を今着てるのよ」

「とてもすてきだ」イーフォは急いで言った。今の今まで目に入らなかった。セリーナの大きな深い茶色の瞳以外は何も。彼女ならぼろ布をまとっていようと美しいに違いない。だが今後は彼女の服装にもっと敏感になってあげなければ。

金曜日の朝、先に朝食の席にいたイーフォはセリーナが現れると立ち上がって迎え、彼女の頬にキスした。

「明るい感じだね」清楚《せいそ》なドレスはセリーナによく合っていた。しかも高揚した気分が彼女の目を輝かせ、頬をピンク色に染め、美しさをますます引き立てていた。

「本当に？　ジャケットもあったほうがいい？」セリーナは心配げにきいた。

「それだけで充分だ」今度ブローチを買ってあげよう、と彼は思った。真珠がいいかな。そうだ、母のダイヤモンドのネックレスもあった。

病院に着くと、イーフォはセリーナを大きなエントランスホール奥の医師の控え室へ案内した。ドアが開いた瞬間、セリーナは緊張に襲われた。室内は上品な身なりの男性が大勢いて、みんないっせいにセリーナを振り返った。そのうちの長身でグレーの髪の男性と、その横にいる小柄な愛らしい顔の女性が、セリーナににっこりとほほえみかけた。

「病院長のデュエルト・ブラントと、その奥さんのクリスティーナだ」イーフォが二人にセリーナを紹介した。「妻のセリーナです」

「やっと会えたわ」ミセス・ブラントが嬉しそうに言った。「あなたにお会いするのが待ち遠しかったの。夫のデュエルトに、あなたがこちらの生活に慣れるまで待ちなさいって言われて」

デュエルト・ブラント院長は笑顔でセリーナと握手した。「イーフォの結婚を心から祝福しているよ。お二人が末永く幸せに暮らせるよう祈っているよ。すぐに友人が大勢できるだろう」

セリーナは一人一人に紹介され、にこやかに握手した。だが相手の名前は聞いたそばから忘れた。挨拶がひととおりすむと、イーフォと一緒に数人に分かれたおしゃべりのグループを順に回った。だがいつの間にかイーフォの姿はなく、セリーナは一人きりで若い男性と向き合っていた。彼はほかからの視線をさえぎるようにセリーナの正面に立った。

「失礼ですけど、どなただったかしら。名前を忘れてしまったわ」セリーナは率直に言った。

「ディルクだ。名字は忘れてくれていい。イーフォはいったい君をどこで見初めたんだい？　僕も君のような女性をずっと探してた」

人なつっこい感じの男性だが、セリーナは本能的に警戒心を抱いた。「あなたも外科医？」

「いや、内科医だ。君の夫のような外科医の頂点に君臨する人物には足下にも及ばない」セリーナの驚いた顔を見て彼は続けた。「ただの冗談さ。だが彼が優秀な医者なのは事実だ。ハーグでの生活の感想は？　気に入ったかい？」

「ええ。でも住まいはもっと郊外なの」

「そこへ会いに行こうかな」

「ええ、夫ともども喜んでお迎えするわ」

あたりを見回すとミセス・ブラントと目が合った。「それじゃミセス・ブラントと話があるので」セリーナは笑顔で軽く会釈し、ディルクから離れた。

「今度うちへお茶を飲みに来て」クリスティーナ・ブラントが言った。「それから私のことはクリスティーナと呼んでね。私のほうがだいぶ年上だけど、オランダ人医師と結婚した共通点を持つ仲間よ」それからくすりと笑った。「ディルク・フェルトをどう思った？　彼、ご婦人方には人気があるの。ところで次の月曜日あたりはどうかしら。イーフォにうちまで車で送ってもらえばいいわ。子供たちにぜひ会わせたいの。女の子一人に男の子二人よ」

「楽しみにしてます」

セリーナは自分の肩に誰かが腕を回すのを感じた。それを見てクリスティーナが笑顔で言った。「イーフォ、ちょうど奥様を月曜日にお茶に誘ったところよ。うちまで送ってよこしてね。午後から診療でしょうから早めで結構よ」

デュエルト・ブラント院長も別れ際に再び親切に言ってくれた。「お二人でぜひうちへ夕食に来てもらおう」それからイーフォの肩を笑顔で叩いた。「君はまったく幸運な男だ」

クリスティーナがセリーナに言った。「これから病院内を見学するんでしょうから、これ以上お引き止めしないわ。午前中いっぱいかかりそうね」

実際そのとおりになったが、セリーナは興味を引かれることばかりで少しも苦にならなかった。昼食のためイーフォといったん家に戻り、午後は彼一人で病院へ戻った。「明日は休みだから、農場までドライブしよう」出がけに彼は言った。

翌日は朝食後すぐに出発した。空気はひんやりして澄んでいた。車はアルクマールを抜けてさらに北上し、アイセル湖を渡る大堤防を渡り、フリースラント州へ入った。そのあと幹線道路をはずれてスネーク方面へ向かうと、四方に大小の湖や大農場が広がった。道も煉瓦の細い道になった。やがて村と呼ぶのがためらわれるような、家がまばらに点在する集落に差しかかった。車はそこからさらに二キロほど先の門をくぐり、道からだいぶ奥まったところに立つ農家の前で停《と》まった。

家の横手から大柄な男性が出てきてイーフォと親しげに挨拶し合い、セリーナに握手を求めた。すぐに女性も一人加わった。かなりの長身だ。「エイブと奥さんのシーンだ」イーフォが二人を紹介した。「この農場を切り盛りしてくれてる」

全員で家の中へ入り、コーヒー片手におしゃべりした。イーフォがセリーナのために通訳してくれた。そのあとセリーナは農場の羊や牛や家禽《かきん》類を見学し、戻ってくるとキッチンで昼食をごちそうになった。ソーセージに赤キャベツ、ほくほくのじゃがいも。エイブとシーンの言葉はほとんどわからなかったけれど、とても楽しい食卓だった。

最後に家の内部を案内してもらった。大きな居間には立派な家具がそろっていたが、暮らしの中心はキッチンと二階の広々した寝室のようだった。

「週末にここへ泊まって、ヨット遊びができる」イーフォが言った。

「すてきね。でもヨットはさわったことがなくて」

「私がみっちり教えよう」イーフォはさも嬉しそうに言った。

セリーナは満ち足りた気分で帰途についた。翌朝は二人で教会へ行き、午後はパスを腕に抱いて犬たちを散歩させ、夕方は庭をぶらぶらして過ごした。夕食後は図書室でイーフォの助言にしたがって興味を持てそうな本を選んだ。

完璧《かんぺき》な一日だった。明日のクリスティーナの家でのお茶も楽しみだ。セリーナが寝室へ上がるとき、イーフォが階段の下へ来て言った。「ディルク・フェルトとあまり親しくしないほうがいい」

セリーナはしばらく押し黙った。「どっちみち、彼とはそう会う機会はないでしょう?」

友人は自分で選ぶわ、子供じゃないんだから。セリーナはそう言いたいのをこらえた。イーフォは口論を好まないだろう。教会で誓いを立てて結婚した以上、ある程度は従順な妻でいなくては。セリーナは屈託なく言った。「わかったわ、イーフォ。おやすみなさい」

ブラント夫妻はハーグ郊外のスヘフェニンヘンに大邸宅を構えていた。周囲は並木道に囲まれた静かな高級住宅地だ。イーフォとセリーナが玄関の踏み段をのぼっていくと、ドアが開いて白髪頭のがっしりした男性が出てきた。イーフォは彼と挨拶してから言った。「セリーナ、コルフィヌスはこの家に古くからいる、ブラント夫妻のいわばお目付役だ」

コルフィヌスは威厳に満ちた態度でうなずき、二人をホールへ招いた。奥のドアからクリスティーナが現れた。

「ようこそ、いらっしゃい。イーフォはすぐ行ってしまうの？　それとも少しだけ寄っていける？」

イーフォはクリスティーナの頬にキスした。「そうしたいのはやまやまだが、十分後に診療だ。セリーナを迎えに来るのは五時くらいでいいかな」

「そのときはぜひ寄っていって。デュエルトも戻るでしょうから」

イーフォは去り際にセリーナの頬にキスした。兄妹《きょうだい》のようなキスだとクリスティーナは思った。だがそれをおくびにも出さず言った。「セリーナ、居間へどうぞ。散らかってるけど見て見ぬふりをしてね。慈善バザーに出す雑貨を仕分けしてるの。子供たちの子犬や私の猫も、散らかすことにかけては協力的で」

趣味のいいぜいたくな調度がそろっていた。大きなソファにはこまごましたものが広げてあり、窓際のテーブルには本が積み上がっている。バスケットの中に子犬が一匹、椅子の上には猫が二匹いた。

クリスティーナがさっきまでそこに座り込んでいたのか、型紙を切り抜いた紙切れが床に何枚か置いてある。「コルフィヌスには早く片づけるよう言われてるけど、デュエルトが帰ってくるまでにどうしても終わらせたいの。もっとも彼は部屋が散らかっていようと気にしないわ」クリスティーナは朗らかに言った。「うちは結婚して十七年よ」

セリーナもクリスティーナと一緒に床に座った。気取らない相手と過ごせて嬉しかった。「よかったら何かお手伝いしましょうか？」

「助かるわ。じゃ、その袋の中の毛糸をより分けてくれる？　絡まっちゃってると思うの。ねえ、よかったらバザーに来ない？　今回は私も出店するから手伝いがいるの。木曜日の午後なんだけど」

「ええ、ぜひ行きます。ただオランダ語がわからないから心配だわ」

「お金の受け渡しだけなら大丈夫。あなたは間違いなく注目の的よ。新聞でイーフォの婚約を知ってみんなで大喜びしたの。彼のようなすばらしい男性にはぜひ結婚してほしかったもの。相手があなたで本当に嬉しいわ」クリスティーナは裁縫箱をかき回しながら言った。「あなたのことを聞かせてもらえる？」

「きっとがっかりすると思うわ。どこにでもいる平凡な人間だから。自宅で父の世話をしてたんです。もう亡くなりましたけど。イーフォと会ったのはそのときです。お互い散歩に出かけた先で偶然会って、ほんの少し言葉を交わしただけ」

クリスティーナは励ますように先を促した。セリーナは折り合いの悪い兄たちや気難し屋の父親のことを話した。結婚の経緯についても避けるわけにはいかず、あたりさわりなく説明した。イーフォがオランダへ行ったときに結婚を決め、自分がロンドンにいたときに結婚を決め、イーフォがオランダへ戻るためイギリスで内輪だけの式をすませたと。

「賢明な選択よ」クリスティーナは穏やかに言った。「オランダできっと幸せになるわ。じきに夕食やお茶会に引っ張りだこよ。みんなゴシップ好きなのを除けばいい人ばかり。ま、大目に見てあげて。イーフォの結婚を長年待ちかねてたから」

コルフィヌスが入ってきた。部屋の散らかりように眉をひそめてから女主人に、ガーデンルームにお茶の用意をしましょうかときいた。

クリスティーナはオランダ語で何か答え、笑顔でつけ加えた。「お茶はこの作業が終わってからにしましょう。あと十分くらい」コルフィヌスが行ってしまうとクリスティーナは続けた。「彼はデュエルトに長年仕えてるの。私が病院で働くため初めてオランダへ来たとき、彼がスキポール空港に迎えに来てくれたのよ。以来、彼は私の大の親友」

セリーナは毛糸をより分けて箱にきれいに並べ終え、クリスティーナと一緒に部屋を出た。ホールを横切って窓から庭を望む小さな部屋へ入ると、そこにお茶が用意されていた。

「英国式アフタヌーンティーよ」クリスティーナが顔をほころばせた。「冬にはデュエルトが〈フォートナム・アンド・メイソン〉からクランペットを取り寄せてくれるの。ちょっと妻を甘やかしすぎね」

セリーナは夫に愛されている彼女がうらやましかった。でも、私もイーフォに大事にされてるわ。幸せだと思おう。たとえ愛されていなくても。

二人でおしゃべりに夢中になっていると、デュエルトがイーフォを連れて帰宅した。デュエルトは妻にキスしてからセリーナにほほえみかけた。「話が弾んだようだね」

イーフォもセリーナの椅子の横に立ち、頬に軽くキスした。

「とても楽しかったわ」クリスティーナが言った。

「セリーナに今度はぜひ子供たちに会ってもらいたいわ。そうそう、彼女にバザーで手伝ってもらうことになったの」

「かなりの重労働だよ。つわものの女性ばかり集まるからね」デュエルトが言うと全員が笑った。

間もなくイーフォは病院へ患者の容態を見に行くため、セリーナと一緒にブラント家を出た。

「近いうちに夕食にお誘いするわ」クリスティーナは見送りの際イーフォに言った。「セリーナに紹介したい人たちがたくさんいるの」

病院へ戻る車中、イーフォはセリーナにたずねた。

「楽しかったかい?」

「ええ、とても。クリスティーナは同じ病院の看護師だったそうね。知らなかったわ」

「彼女はデュエルトとロンドンで知り合ったんだ。そのうちに彼女が詳しく話してくれるだろう」

イーフォは車を病院の入口に停め、五分程度で戻ると言い残し、建物へ入っていった。正面玄関のガラス扉を通して彼がエントランスホールのつきあたりの階段を上がっていくのが見えた。

暖かい車内でセリーナは楽しかった午後のひとときを回想した。けれども、そのうちに時計が気になりだした。五分のはずがもう十五分だ。

ガラス扉の向こうで人々が忙しそうに行ったり来たりしているが、イーフォの姿はない。さらに数分が過ぎ、ようやく彼が奥の階段を下りてくるのが見えた。誰かと一緒だった。遠目ではっきりしないが若い女性のようだ。彼女は熱心に何かしゃべり、イーフォはそれに耳を傾けている。二人が歩調をゆるめてドア付近で立ち止まると、セリーナから二人がよく見えた。女性は華やかで美しく、服装もセンスがよかった。彼女がイーフォの腕に手を置いた。そのとたんセリーナは激しい怒りに揺さぶられた。その感情はイーフォが女性の肩に手を置いた瞬間ますます激しくなった。二人は昔からの親友同士のように笑顔を交わした。セリーナは今すぐ車を飛びだしたくなったが、理性をかき集めてなんとかこらえた。イーフォに私と会う前からの女友達がいるのは当然だ。私はそれについて口出しする立場にはない。彼を愛しているなら別だけど。

セリーナは二人から目をそむけた。私は彼を愛している。そうよ、愛しているんだわ。初めての恋、グレゴリーにさえ抱いたことのない感情。どうしたらいいのかわからなかった。自分の気持ちを持てあましていた。セリーナは静かに深呼吸し、再び病院のほうを見た。二人は親しげに別れの挨拶をした。堅苦しい握手はなかった。一人になったイーフォはセリーナの待つ車のほうへ歩いてきた。

7

イーフォは運転席に乗り込んでセリーナに言った。

「待たせて悪かった。思ったより時間がかかってしまってね」

セリーナはさっきの若い女性について彼が何か言うのを待った。だが彼は何も言わず、セリーナは喉まで出かかった言葉を無理やりのみ込んだ。私の心の内で解決すべき問題だ、と思った。もちろん簡単には片づきそうにない。結婚前にイーフォを愛していると気づいていたら、私は結婚に同意しただろうか。頭ではノー、でも心ではイエス。だから複雑な状況にもうまく折り合っていくしかない。妻としての義務と役割をきちんと果たしつつ、イーフォに精神的に頼らずにすむよう自分の生活を充実させなければ。それも一日も早く。

「患者さんの具合は順調?」彼がうなずくのを見てさらにきいた。「慈善バザーでクリスティーナを手伝うのは構わないでしょう? 彼女の友人たちと知り合ういいチャンスだもの」

「ああ、もちろんだ。友達がたくさんできるといいね。私がいないときに寂しい思いをせずにすむ」彼はさりげなく言い添えた。「今度マドリッドへ行く。現地で手術を依頼された。向こうではかなり忙しいから、君を連れていくのは見合わせようと思う」

セリーナは努めて明るく言った。「わかったわ。マドリッドへはいつ行くの?」

「今週の木曜日だ」

帰宅後は二人で犬の散歩をし、夕食の席についた。食べ終えたところでイーフォが言った。

「私はまだ仕事が残っているから、ここでおやすみを言うよ。また明日の朝」

セリーナは応接間へ行って編み物を始めたが、指を動かしながら頭は別のことでいっぱいだった。

木曜日、イーフォは午後のマドリッド行きの飛行機の前にハーグの病院に立ち寄るため、早めに家を出た。「いつ戻るかは向こうから電話する」彼は出がけにそう言い残した。

セリーナはきかずにはいられなかった。「長くかかるの? 数日間、それとも数週間?」

彼は笑顔で答えた。「数日間だ」

セリーナもほほえんだ。寂しい、と口に出して言えたらどんなにいいだろう。

イーフォを見送ったあと、一人で昼食をとった。午後はウィムがクリスティーナの家へ送ってくれる予定だが、思った以上に気落ちしているので早めに出発したくなった。ウィムにハーグの中心街で降ろしてもらって、セーターの毛糸を買い足そう。そこからブラント家までは路面電車で行けばいい。セリーナはそう決めてウィムの小さなフィアットに乗り込んだ。ハーグで買い物がすんだあともクリスティーナとの約束の時間までたっぷり時間があった。いつしか足は病院へ向いた。イーフォはもう空港へ発《た》っただろうけれど、病院の建物を見るだけで彼を身近に感じられる気がした。

徒歩で病院のそばまで来ると、イーフォの車がすぐ横を通り過ぎた。助手席には例の女性がいた。イーフォに何か話しかけているが、彼のほうはハンドルを握ったまま正面を向いていた。おかげでセリーナは愕然《がくぜん》とした表情を見られずにすんだ。

セリーナはしばらくその場に立ちすくんだ。乳母車を押す女性や数人の子供たちが彼女を遠巻きによけていった。セリーナははっと我に返り、もと来た方向へ足早に歩きだした。このまま家に帰りたいけれど、約束をすっぽかすわけにはいかない。タクシーを拾ってブラント家へ向かった。

クリスティーナはセリーナの様子が普段と違うことに気づいたが、あえて淡々と言った。「時間どおりに来てくれてありがたいわ。今日は忙しいから覚悟して。イーフォは無事に飛行機に乗った？」

彼女は忙しく動き回りながら一人でしゃべり続けた。セリーナが口をききたい気分でないことはわかっている。イーフォと喧嘩《けんか》でもしたのかしら。今にも泣きそうな顔をして。でも当分はそっとしておいてあげよう。クリスティーナはそう心に決め、セリーナを車に急《せ》かしてバザー会場へ向かった。

着くなり大忙しだった。セリーナは考える間もなく大勢の人たちに次々と紹介され、すぐに休みなく作業に追われた。バザー終了後にクリスティーナの家に寄ってお茶をごちそうになり、そのあと自宅まで送ってもらった。車内で静かにおしゃべりするうち、セリーナの顔に徐々に血色が戻った。それを見てクリスティーナもほっとした。セリーナの家に着くと、クリスティーナは誘いを断ってすぐに帰ると言った。「デュエルトが帰宅したときに家にいたいの。私を相手に一日の出来事を振り返るのが彼の日課なのよ。イーフォもそうでしょう?」

セリーナはかすかにほほえんだ。「ええ」いかにも寂しげな声だったので、クリスティーナはもう少しで何があったのか、ききそうになった。

クリスティーナは帰宅すると夫に言った。

「イーフォのところ、何かあったみたい。セリーナがなんだか元気がないもの。泣きそうな顔だったのよ。夫婦喧嘩でもしたのかしら」

デュエルトは新聞から顔を上げた。「夫婦喧嘩はどこだってある。心配するな、二人とも大人だ」

ブラント夫妻は互いにほほえみ合った。「私たち幸せね。つくづくそう思うわ」

「ああ、本当だ。彼らもきっと幸せになる。もうしばらくそっと見守ってあげよう」

セリーナは一人寂しく夕食をとり、犬二匹とパスを庭へ出し、その晩は早々にベッドに入った。頭痛がひどくて、とウィムに言い訳した。

「旦那《だんな》様と離れ離れで寂しいんだろう」ウィムは妻のエリーに言った。「おかわいそうに」

「マドリッドは外国人ばかりだから、旦那様が奥様を連れていかなかったのは当然ね」エリーは同情のため息をついた。「旦那様も奥様のいる自宅へ帰るのがさぞかし待ち遠しいでしょうよ」

セリーナはなかなか寝つけなかった。なんとか冷静になろうと努めた。想像を一人歩きさせないで。たぶんあの女性はイーフォの助手か、患者の世話をする特別な看護師よ。でも病院で働く人にしては服装が派手だった。イーフォから電話があったら、それとなくきいてみようかしら。いいえ、だめ。二人が一緒のところを私が見たと彼にわかってしまう。

頭が混乱し、不安な想像はますます勢いづき、うとうとしかけたときはすでに明け方だった。

朝食後は犬の散歩ついでに庭をぶらついた。イーフォから電話があるかもしれないので家からあまり離れないようにした。慈善バザーで知り合った女性たちからお茶の誘いの電話が何本もあったが、イーフォからの電話はなかった。「忙しいのね、きっと」パスにしょんぼりつぶやき、ほかにすることもないので犬をもう一度散歩に連れだした。

翌朝もイーフォの電話はなかった。昼食のころには落胆を通り越して腹立ちを覚えた。恋愛結婚じゃないからって――少なくともイーフォのほうは――家で待っている妻を忘れることないでしょう？

昼食を軽くつついたあと図書室へ行った。しばらくしてウィムが来て客の来訪を告げた。「ドクター・フェルトです。応接間にお通ししました」

セリーナは本を置いた。「イーフォが出張中だと知らなかったのね。私が行って説明するわ」

ディルク・フェルトは窓辺に立って外を見ていた。セリーナが部屋に入ると彼は振り向いた。

「君が寂しがってると思ってね」彼はセリーナに歩み寄って手を握った。「結婚早々、新妻を置き去りで外国へ行くとはイーフォも冷たいな」

セリーナは落ち着き払って言った。「私は寂しがってなどいませんから、どうぞご心配なく」

「ドライブしないか？　本物の田舎を見せてあげるよ」彼はかすかに笑った。「フェリューウェは今が一年で一番美しい季節だ」

「せっかくですけど遠慮するわ」

セリーナは椅子も勧めなかった。ディルクは魅力的な風貌《ふうぼう》で態度も気さくだが、なんとなく心を許せない。

「残念だな。じゃ、またの機会を楽しみにしてる。

イーフォはこれからも頻繁に出張するからね。今回はマドリッドだろう？　スペインの重要人物が脚を骨折したらしい。ところで、彼はまだレイチェルと親しいようだね」彼はにやりと笑った。

「そう、それは何よりだわ」セリーナは余裕の表情で彼を見据えた。「気をつけてお帰りください。お茶もお出ししなくてごめんなさい」

やっと彼が出ていったときにはセリーナは泣きだす寸前だった。ディルクは他人の仲を引き裂きたがる人間だ。トラブルの種をまき散らして喜んでいる。そうわかってはいても、セリーナが実際に心に疑惑を植えつけられたことは事実だった。

気にしちゃだめ。イーフォを愛してさえいなければ、なんでもないことだから。セリーナは迷いを振り払って図書室へ戻った。その日の夕方、ようやくイーフォから電話があった。つい彼に対してぎこちなくなった。ディルクの来訪についても報告する気が起こらなかった。

「二日後に戻る。寂しくないか？」

「いいえ、やることがたくさんあるもの。犬の散歩に……」言葉に窮した。「ウィムに代わるわ」

「ああ、そうだね」イーフォの声が急に冷たくなったように感じた。「おやすみ、セリーナ」

翌日はクリスティーナの家へコーヒーに招待されていた。イーフォの同僚の妻たちも何人か来るので、セリーナは自分が良い印象を与えるよう服を慎重に選んだ。髪型や化粧にも気を配った。幸福な新婚生活を送っているように見せたかった。

お茶会はセリーナと同年代の女性が数人と少し年上の女性が二人ほど、ほかに年配の威厳たっぷりの女性が一人という顔ぶれだった。年配の女性は市長の妻だった。セリーナは全員と挨拶《あいさつ》したあと、市長の妻からしつこい質問攻めにあった。

「お幸せなはずよ」市長夫人は言った。「イーフォは外科医の最高峰にいて、オランダといわずヨーロッパ各地で活躍してるわ。もちろん男性としても魅力的だから、結婚相手には不自由しなかったのよ」夫人は笑って続けた。「なのに若くて美しいオランダ人女性を差しおいて、わざわざイギリス人を選ぶなんて。男って何を考えてるやら」

セリーナは当てこすりと取るべきか率直な本音と取るべきか迷った。「ええ、彼は最終的には私を選んでくれましたわ」

「驚いたことにね。あなた、レイチェル・フィンケに会ったことは？　とても聡明《そうめい》で美しいわ。てっきりイーフォは彼女と結婚するものと……」

「たぶんイーフォは美しすぎて聡明すぎる人より、ほどほどがいいと思ったんでしょう」セリーナはあえて朗らかに言った。市長夫人は鋭い一瞥《いちべつ》のあとセリーナの落ち着いた視線から目をそむけた。セリーナは言った。「そろそろおいとましなくては。クリスティーナに挨拶してきますわ。家で愛犬たちが散歩を首を長くして待ってるんです」

セリーナは市長夫人と握手して別れ、部屋の反対側にいるクリスティーナのもとへ行った。クリスティーナは二人の若い女性と話していて、そのうちの一人がセリーナに耳打ちした。「市長の奥さんに何か意地悪を言われた？　だとしても気にしないで。彼女は最初からああいう人なのよ」

セリーナは明るく辞去を告げ、室内を回ってほかの人たちにも別れの挨拶をした。みんな口々にお茶や夕食に誘ってくれた。クリスティーナが玄関まで見送りに出て言った。「セリーナ、何か悩んでることがあるとしてもあまり思いつめないで。イーフォから連絡はあった？」

「ええ、じきに戻るそうです」

セリーナがブラント家のお茶会にいる間、イーフォが自宅に電話をかけてきて明日の夕方に戻るとウィムに伝えたようで、そう語るウィムの口ぶりは嬉《うれ》しそうだった。

翌日はセリーナにとって長い一日だった。市長夫人の悪意ある言葉が頭から離れず、何度となく鏡の前でため息をついた。つくづく自分を平凡でとりえのない女だと思った。市長夫人の言っていた美人で聡明なレイチェルは、イーフォと先日一緒だった女性と同一人物だろうか。セリーナは髪と化粧を念入りに直し、犬の散歩にじっくり時間をかけた。

お茶のあと、シルクジャージーのピンクのワンピースに着替えた。イーフォはピンクが好きだというナニーの言葉を思いだしたからだ。応接間に座って足下に犬たちを寝そべらせ、膝の上に編み物を広げた。パスもすぐそばで丸くなっている。

帰宅したイーフォが部屋の入口で一瞬足を止めた。家を離れている間、彼はセリーナのことをずっと考えていた。その彼女が今、思い描いていたとおりの姿で目の前にいる。編み物を膝に置いて座ったまま、喜びに目を輝かせている。

セリーナはイーフォに気づいて立ち上がった。

「おかえりなさい。手術はどうだった?」

イーフォは腰をかがめてセリーナの頰にキスした。

「ああ、うまくいったよ。編み物をしている妻の姿に迎えられるとは最高の気分だ」それから犬たちをなでながらきいた。「私のいない間、楽しく過ごせたかい?」

「ええ、とっても」セリーナはどう過ごしたかを話した。「ドームスと一緒に庭いじりもしたわ。彼が冬パンジーの移植を手伝わせてくれたの」

「あの頑固者にしてはめずらしいな。魔法でも使ったのかい?」イーフォはほほえんだ。「普段の彼は葉っぱ一枚さわらせてくれないんだ」

「言葉が通じないことがかえってよかったかも」

イーフォが声をあげて笑った。「そうかもしれないね。じゃ、私は着替えてくるよ」

夕食の席でセリーナはマドリッドでのことをたずね、イーフォもそれに気安く答えた。だが車の助手席にいた女性については一言も触れなかった。

食後に応接間へ移ると、セリーナは編み物をしながらその女性のことを考え続けた。イーフォにじかにきくのが一番だが、中途半端な返答で納得がいかないくらいなら最初から何もきかないほうがいい。きっと私は大げさに考えているだけだ。彼の態度に隠し立てをしている様子はどこにもない。セリーナは招待状の束をイーフォに黙って手渡した。

「デュエルトとクリスティーナが今度の土曜日に夕食に招いてくれた」イーフォは招待状を見ながら言った。「ほかにも何人か客が来るだろう」

「何を着たらいいかしら」

「色はピンクにしよう。今着ているワンピース、とても似合ってるよ。私は明日の午後あいてるから、一緒に買い物に出かけないか？」

「嬉しいわ。そうそう、たしかパーティーの招待状もあったわ。ロングドレス着用ということ？」

「そうだよ。明日はそれも探そう。ほかにコーヒーやお茶の誘いは？」

「ええ、方々から。昨日もクリスティーナの家へコーヒーに呼ばれたわ。あなたの同僚の奥さんや、市長の奥さんがいたわ」

「だいぶ手ごわかったろう？」

「ええ、それはもう。ゴシップもうんと聞かされたわ。彼女、私のことをあまり気に入らないみたい」

イーフォは別の招待状を手に取って言った。「彼女は誰に対してもそうだ。気にすることはない」

翌日のショッピングは一人だけのときよりずっと気楽だった。イーフォと一緒なら値段を気にせずにすむし、互いの趣味もぴったりだった。シルククレープの落ち着いたピンクのドレスと、その上にはおるマラブーの毛皮ストールを買った。ドレスに合うサンダルはイーフォが見つけてくれた。さらにブティックめぐりを続けるうち、ショーウインドーに飾られた夏の海のように爽快《そうかい》なブルーグリーンのドレスがセリーナの目にとまった。胸元に華やかな刺繍《しゅう》があしらわれ、長いスカートはたっぷりしたタフタだ。パーティーにふさわしい華やかさと気品にあふれている。サンダルもすぐに決まった。買い物のあとは二人してカフェでゆっくり休んだ。

「ありがとう、イーフォ」セリーナはクリームたっぷりのケーキを頬張った。「あのドレスならどの季節のパーティーにも着られるわ」

「まだワンピースが何着か必要だね。夜の外出にそなえてマントも。二週間後にロンドンの病院へ行くんだが、君も一緒について来るかい?」

「ええ、ぜひ。ナニーにも会いたいし、あなたのあのコテージも恋しいわ」

「私たちのコテージだよ、セリーナ」

セリーナはその日の夕方、車で家を出るイーフォを幸福な気分で見送った。個人的な知り合いの患者がいる、と彼は言った。だから夕食は先にすませておいてくれと。彼はセリーナがベッドに入るころになってもまだ帰らなかった。

翌朝、セリーナが階下へ行くと、イーフォはすでに朝食の席についていた。セリーナは挨拶をして彼の向かいに座った。彼はうわの空で挨拶を返した。郵便物に目を通している最中だったのでセリーナは特に気にかけなかった。

だから彼が静かにこう言ったときセリーナは思わずぎくりとした。「ディルク・フェルトが私の留守中にここへ来たそうだね。なぜ言わなかった?」

彼はいつもどおり落ち着き払った態度だが、内心で不機嫌なのは明らかだ。「なぜって……わざわざ言うほどのことじゃないと思ったから。彼は私が寂しがってると思ってドライブに誘いに来たの。でも私は行きたくなかったから、はっきり断ったわ。彼は十五分もしないで帰ったし、私も椅子は勧めなかった」

「だから話すほどのことではないと？」

「そうよ。隠しごとをしたわけじゃないわ」困惑を隠して言った。「夫婦間で秘密は持つべきじゃないもの」本当は彼に隠してるのに。彼を真剣に愛していることを。そう思ってセリーナは頬を染めた。

イーフォはセリーナの動揺の表情をじっと見つめた。「君の交友関係に口をはさむつもりはない。フエルトとドライブに行ってはいけない理由もどこにもない。彼は愉快で気さくな男だ。君にとってきっと慰めになる」

「私は慰めなんかいらないわ」セリーナは険しい口調で言い返した。「私たち、喧嘩してるの？」

イーフォが笑った。「いいや。喧嘩するにはお互いに分別がありすぎる。ところで今日の予定は？」

「ミセス・カスパーにコーヒーに誘われてるの。朗らかでとてもいい人よ」

「夫のカスパーは麻酔医で、信用のおける人物だ。あの家は男の子ばかり四人の子供がいる」

「だったら話題はつきないわね」セリーナはトーストにバターを塗った。「昼食は家に戻るの？」

「いや。だがお茶の時間には戻る。そのあとはたぶんゆっくりできるだろう」

ミセス・カスパーの家はハーグ郊外の緑したたる高級住宅地、ワセナーにあった。庭も家も広く、現代風だが落ち着きのある設計だった。

「以前の家が手狭になったので、ここに引っ越してきたの」モイアラ・カスパーがコーヒーを飲みながら言った。「なにしろ男の子が四人もいるから。その点あなたのところはいいわ。あれだけ大きなお屋敷なら子供は何人いても大丈夫ね」ミセス・カスパーはセリーナの恥じらう態度に慌てて言った。「ごめんなさい、余計なことを言って。オランダはどう？　気に入ってもらえたかしら」

「ええ、とっても。まだあまりあちこち見て回ってないけど、イーフォの農場があるフリースラントへは行ったわ。また近いうちに行きたい」

「彼もこれからはもっと休暇を増やすわよ。結婚前は仕事一辺倒だったもの。ところで土曜日のブラント家の夕食会には何を着ていく？」

セリーナにとっては楽しい夕食会になった。招待客は顔見知りばかりで、ブラント家の応接間で食前酒と軽いつまみを前に和気あいあいとおしゃべりした。夕食ではセリーナはカスパー医師と年配の著名な病理学者との間に座った。病理学者はさりげないユーモアの持ち主で、話題豊富なカスパー医師は陽気に場を盛り上げた。おかげでセリーナは退屈しなかった。ディルク・フェルトも招待されていたが、セリーナから一番遠い席なので、着席前に軽く挨拶したきり言葉を交わさなかった。夕食後は応接間でコーヒーの時間になった。ディルクが話しかけてきたけれど、セリーナはイーフォの視線を感じて短い世間話にしか応じなかった。

セリーナの暮らしに少しずつ一定のリズムができ始めた。花の飾りつけ、エリーとの食事のメニューに関する意見交換、ドームスの機嫌のいいときを見計らっての庭いじり、犬とパスの散歩。ときおりナニーに心を込めた長い手紙を、兄たちには近況を知らせるだけの短い手紙を書いた。まさに有閑マダムの生活だわ、とセリーナは思った。平和で充足していて、父の世話に明け暮れていたころとは別世界だ。

しかも帰宅する夫を迎える喜びと、彼の一日の報告に耳を傾ける喜びもある。イーフォの話は半分理解できればいいほうだったが、わからない用語をあとで図書室の医学書と首っぴきで調べるのも楽しかった。オランダ語のレッスンも始まり、週に二日、出勤するイーフォと一緒にハーグへ行って小柄な厳しいオランダ人女性からみっちり教わった。

社交生活も充実していた。種々の慈善の催しに誘われ、暇つぶしの域を超えた忙しさだった。セリーナは生きている実感を味わった。イーフォに気持ちを伝えられないもどかしさはつきまとったが、彼への思慕は毎日の生活に彩りを添えてくれた。

二人が招待されたパーティーはかなり大規模なものらしく、セリーナの知人はほぼ全員が招待されていた。女同士寄り集まればどんなファッションで出席するかで話題は持ちきり、果ては王室関係者も出席するらしいとの噂《うわさ》まで飛びだした。

「緊張するわ」セリーナはイーフォに言った。

「自信を持つんだ。先日買ったドレスを思い浮かべてごらん。そうだ、それで思いだした」彼は部屋を出ていき、すぐに二個の箱を手に戻ってきた。「先祖代々のものだ」ダイヤモンドの留め金がついた二連の真珠のネックレスと、ダイヤモンドに縁取られた真珠のイヤリングだった。

「まあ、すてき。家宝ね」

イーフォはポケットからもう一つ小箱を取りだした。「それから、これは遅まきながら私からの結婚プレゼントだ」彼は箱を開けてブレスレットを取りだした。繊細なデザインのダイヤモンドと真珠だ。彼はそれをセリーナの手首につけた。

「きれいだわ、イーフォ。ありがとう」思わず彼にキスすると、彼が一瞬たじろぐのがわかった。セリーナにはショックだった。これからはもっと慎重にふるまおうと心に決めた。彼とは友人同士であって、それ以上ではないのだから。

パーティーのための着替えがすみ、等身大の鏡で自分を眺めた。なかなかのできだわ。セリーナはほっとして思った。顔のつくりは今さらどうしようもないが、瞳が興奮にきらきら輝き、髪型も決まっている。ドレスはもちろん完璧《かんぺき》で、真珠のイヤリングとネックレス、ブレスレットが豪華さに花を添えている。

「成功した男の妻らしく見えるわ」セリーナは満足げにつぶやき、イーフォの待つ階下へ行った。

彼は階段を下りてくる妻の姿に目が釘《くぎ》づけになった。これほど美しい女性は初めて見た。「とてもすてきだ、セリーナ。私は鼻が高いよ」

「ありがとう。私も同じ賛辞を贈るわ。正装したあなたっていちだんと堂々としてすてき。市長の奥さんの言葉もうなずけるわ。ハーグ中の才色兼備な女性がこぞってあなたと結婚したがってたそうよ」

セリーナは笑い、イーフォも笑い返した。「だが今夜の君には誰もかなわないよ。ほかの女性たちのドレスがただの制服に見えるに違いない」

パーティー会場に到着すると、大広間はすでに人でにぎわっていた。入口で市長夫妻に会った。夫人は豊満な体にぴったりとした紫のベルベットのドレスだ。彼女はセリーナを品定めするようにじろじろ眺めた。「目の覚めるような色ね。私にはとても着られない色だわ。たとえ二十年若くても」それからおもむろにつけ加えた。「今夜は大勢の人が集まってるわ。せいぜい楽しんでちょうだい」

セリーナは愛想よく礼を言い、イーフォに誘われるままダンスフロアへ向かった。彼のダンスは多少型にはまっているがなかなかうまかった。セリーナは父親と暮らしていたときはダンスの機会など一度もなかったので、嬉しさに心が躍った。次の曲は病院長のデュエルトに申し込まれた。そのあとも次々にいろいろな人からダンスに誘われた。

ブルーグリーンのドレスはひときわ映えていた。

それを意識することでセリーナの顔も輝き、とても華やいだ気分だった。イーフォにそろそろ腹ごしらえしようと誘われたとき、セリーナは満面の笑みで言った。「なんて楽しい晩かしら」

だが、それはすぐに台なしになった。

サパールームを出ると二人は再び市長夫妻と鉢合わせした。夫妻は一人の若い女性を連れていた。セリーナは一目で彼女とわかった。病院や車でイーフォと一緒だったあの女性だ。間近で見るととびきりの美人で、黒髪と大きな濃い色の瞳が印象的だ。漆黒のドレスは柔らかな曲線美を強調している。

イーフォが立ち止まったので、横にいたセリーナも立ち止まった。

「そうそう、あなたに紹介しなくてはね」市長夫人がセリーナに言った。「イーフォからもちろん聞いてるでしょうけど、こちらレイチェル・フィンケ。彼の昔からの親しい友人よ」冷たく笑った。

夫人は刺すような視線でレイチェルとセリーナを見比べた。セリーナは笑みを張りつけたまま片手を差しだした。「はじめまして」親しみのこもった口調が我ながら嬉しかった。レイチェルも握手に応じてお決まりの挨拶の言葉をつぶやいた。が、そのあとイーフォを振り向いてこう言った。

「イーフォ、話があるの。大事なこと」

それからレイチェルは、輝くばかりの笑みをセリーナに向けた。

「ご主人をお借りしてもいいかしら。内々で話したいの。個人的なことで」再びイーフォに言った。「明日病院へうかがうわ。あ、でもだめね。明日は日曜日だったわ」

「よかったらうちへ昼食にいらして」セリーナは気がつくと言っていた。自分でもどうかしていると思ったが、市長夫人の面食らった顔を見て胸がすっとした。イーフォのほうは普段と変わらず落ち着いていて、賛成なのか反対なのかわからなかった。

「ありがたいわ」レイチェルが言った。「ではイーフォ、昼食後にあなたと私だけで話をさせて」

イーフォは平然とさりげなく同調した。

二人きりになるとセリーナは急にまごついた。「次のダンスの前にお化粧を直してくるわ」なんとなくイーフォが気分を害しているような気がして、そそくさとその場を離れた。

私だって、せっかくの楽しい気分に水をさされたわ。セリーナはぷりぷりしながら鏡の前で乱れてもいない髪を直した。イーフォの生活に妻気取りででしゃばるつもりはない。私たちには友人以上の絆《きずな》はないのだから。そう決心して大広間へ戻ると、真っ先に目に入ったのはレイチェルと親しげに踊るイーフォだった。そこへディルク・フェルトが現れ、強引にダンスフロアへ誘われた。

「君とは踊れないのかとあきらめかけてたよ」彼は言った。「でもイーフォがレイチェル・フィンケと踊ってるおかげでチャンス到来だ。どうだい、ものすごい美人だろう？ 僕個人としては君みたいな女性のほうがタイプだけど。特に今夜は抜群だ」

セリーナは彼のうわついた言葉を信じたわけではなかったが、落ち込んでいただけにまんざら悪い気はしなかった。踊りながら彼にきつく抱きしめられても抵抗しなかった。イーフォがレイチェルと仲良くするなら、私だってディルクと踊る権利がある。

それにしても二人はいったい何を話し合うの？ わざわざ日曜日に会うほど重要なこと？

「君はさっきからうわの空だね」ディルクが耳元でささやいた。

彼の言うとおりだったが、イーフォとレイチェルのカップルが近くにくるとセリーナは急にディルクににっこりほほえんだ。

ダンスはしばらく続き、セリーナはダンスの相手に引っ張りだこだった。ディルクともさらに二回踊った。最後の曲になってようやくイーフォが現れた。二人は無言で踊り、終わったあとは知人に別れの挨拶をしながら大広間の出口へ向かった。

「君がコートを取ってくる間ここで待ってる」イーフォの口調は穏やかだったが、目は冷たかった。彼を怒らせたのね。セリーナは少なからず胸がすっきりした。喧嘩したければ喜んで応じるわ。

車内でセリーナは運転席のイーフォに言った。

「とっても楽しいパーティーだったわ。あなたも満足でしょう、イーフォ？　大勢の人に会えて」

彼はそっけなく相槌《あいづち》を打ったきり無言だった。

家に着いてホールに入ると、セリーナはあくびをして言った。「アーガにコーヒーが温まってるわ」階段の下で彼を振り返った。「おやすみなさい」

イーフォはホールにたたずんだまま静かに言った。

「フェルトとずっと踊ってたようだが」

「ええ」セリーナは緊張して階段をのぼり始めた。

「彼はダンス上手だから、とても楽しかったわ」

「私へのあてつけのつもりか、セリーナ」

「そうじゃないと言えば嘘《うそ》になるわ」意を決して言った。「でもお互いさまでしょう？」

セリーナはそのまま足早に階段をのぼった。


朝日が差すころにはセリーナは昨夜の自分の言葉を後悔していた。彼に傷つけられ、不幸な気分に苦しんでいる。でもそれを気に病んでも始まらない。彼との結婚は最初から契約だ。彼の希望をはっきり知ったうえで私は契約に応じた。恋愛感情に振り回されない平和な関係。友情と思いやりに満ちた穏やかな関係。それを私は壊してしまった。

セリーナはベッドを出て着替え、階下へ下りた。イーフォは庭に面した窓の前に立っていた。犬たちは庭を駆け、パスは彼の足下で丸まっていた。

セリーナが入っていくと、彼は振り向いてにこやかに挨拶した。セリーナはたまらずに言った。「やさしくしないで、イーフォ。あんなことを言って私が悪かったわ。あなたが怒るのは当然よ。私がディルクと踊ったのは単にあなたを困らせ……」

犬たちが入ってくるとイーフォは窓を閉め、セリーナのほうへやって来た。「セリーナ、私が怒る理由がどこにあるんだい？　君は自分で選んだ相手と踊り、自分の望むままの言葉を口にした」

「それは事実だけど、契約内容に反してるわ。私たちは友人関係を築く条件で結婚した。互いのプライバシーに立ち入るべきではなかった。つまり、あなたは誰でも好きな女性とつき合う権利があるのよ。レイチェルは美人だし……」

「ああ、そうか。君は私が昔の恋人とよりを戻したと思ったわけだね」彼は心外だとばかりに言った。「まだ結婚して数週間だよ。君が私をそんな不実な男だと思っているなら、君が再三主張するように私たちの感情は友情のみに厳しく限定すべきだ。今後互いのことに口出しするのはよそう」

「イーフォ」セリーナは悲しくなった。

「さあ、朝食だ。いい天気だね。まさに散歩日和だ。ゆうべのパーティーの感想は？」

彼は再び普段の落ち着き払った態度に戻り、一方で昨夜の出来事はすべて棚上げにされた。セリーナにとってはレイチェル・フィンケについて知る機会を失うことでもあった。

8

二人は朝早くから犬の散歩に出かけた。セリーナは仲直りしたくて言った。「あまり遠くまで行かないほうがいいわね。ミズ・フィンケが何時ごろみえるかわからないから。エリーと相談して昼食のメニューは子鴨《こがも》のチェリーソースに決めたけど、ミズ・フィンケは鴨がお嫌いかもしれないから念のためパイ料理を一品用意してもらってるの。それから、ドームスが温室のいちごを摘ませてくれるって」

しゃべりすぎている自分に気づいてセリーナが押し黙ると、イーフォが言った。「レイチェルは結婚している。それから、彼女には正午ごろ迎えに行くと言ってある。オランダ語のレッスンの調子はどうだい？　もうだいぶ上達しただろう？」

そっけなくあしらわれた気がしたが、そうされて当然だと思った。「まあまあよ。文法が複雑で覚えるのに苦労してるわ。動詞もよく間違えるの」

「気の毒だがレッスンはしばらく休んでもらうよ。ロンドンの病院に一週間ほど行くことになった。今回はリーズへも足を伸ばすが、君はナニーのところでのんびり過ごすといい」

「まあ、楽しみ。おみやげは何がいいかしら」腕時計をちらりと見た。「ミズ・フィンケを迎えに行くなら、そろそろ家に戻ったほうがいいわね」

イーフォはセリーナの腕を取って、もと来た道を引き返した。「レイチェルに本当に会いたいのかい？　君たちに共通点があるようには思えないが」

「女性であることはれっきとした共通点よ」セリーナが答えるとイーフォはかすかに笑った。

彼がレイチェルを迎えに行っている間、セリーナは応接間でそわそわしていた。髪を直したり口紅を塗り足したり――時間の無駄だと思った。レイチェルのような美人には逆立ちしたってかなわない。レイチェルを出迎えたとき、それが正しいことを痛感させられた。車から降り立った彼女のシンプルで高級な白いドレスに、セリーナの淡黄色のツーピースがかすんで見えた。化粧もモデル並みだ。

セリーナは敗北感を覚えつつ笑顔でそつなく挨拶《あいさつ》した。本心を隠す術《すべ》がだいぶ板についてきた。

「今日はいいお天気ね」セリーナは言った。「さあ中へどうぞ。飲み物は何になさる？」

家の裏手の美しい池に面した窓辺で、三人は飲み物を手に腰かけた。セリーナはイーフォを見ないように話した。彼は普段と変わりなく穏やかで、態度からはレイチェルが彼の単なる友人なのかそれ以上の存在なのかわからない。レイチェルは明るく話題豊富で、とりわけ笑顔が息をのむほど美しかった。

昼食が終わるころにはセリーナは彼女のことがすっかり好きになっていた。

コーヒーを飲み終えてレイチェルが言った。「セリーナ、そろそろイーフォと話してもいい？」

「もちろんよ」セリーナは笑顔を作った。「私は犬の散歩に行ってくるわ。お茶の時間までいらっしゃるでしょう？」

「お言葉に甘えたいけど飛行機の時間があるの」

セリーナは書斎へ行くレイチェルとイーフォを見送ってから犬たちを連れて外へ出た。話は長くかかるのかしら。頭をからっぽにしたくて急ぎ足で歩いた。一時間ほどして家に戻り、一人で応接間にいると、ようやく書斎のドアの開く音がした。

二人はそろって応接間に入ってきた。イーフォはいつもの落ち着いた表情で、レイチェルのほうははればれした笑顔で。

「万事解決よ」彼女はセリーナに言った。「すぐにジャンのところへ戻って、一刻も早く彼を安心させたいわ。それもこれもイーフォのおかげ。ジャンの両手両脚の骨折を手術して、訴訟の件でも力になってくれたの。おかげでとんとん拍子だった」

セリーナのほうはまだ解決していなかった。「あなたのご主人、事故で負傷なさったの？」

「あら、イーフォから聞いてない？　交通事故で大怪我《けが》したのよ。それも相手の一方的な過失で。一時はもうだめかと思ったけど、イーフォがすぐにマドリッドへ駆けつけてくれたわ。ジャンとイーフォは長年の友人なの。イーフォはジャンの弁護士と訴訟の手続きまで進めてくれて、私は今日それに必要な書類を持ってきたわけ。イーフォに目を通したうえでサインしてもらうために」

レイチェルは輝くような笑顔でセリーナを見た。

「妻のあなたにも事情を言わないなんて、本当にイーフォらしいわ」彼女はセリーナに親しみをこめてキスした。「ジャンが退院したら、二人でぜひ遊びに来て。じゃ、そろそろ行かなくちゃ。お会いできて嬉《うれ》しかった。あなたはイーフォから聞いていたとおりの方ね」

二人に背を向けて窓辺に立っていたイーフォが、振り向いて言った。「レイチェル、急がないと飛行機に間に合わなくなる」それからセリーナに向かって言った。「夕食には戻るよ」

彼は出ていく際に軽くセリーナの肩に触れたが、キスはしなかった。

セリーナは腹立たしい思いで彼の帰りを待った。わざと私に気をもませたのね。レイチェルについて事情を説明できない理由がどこにあったのよ。セリーナは悔しくてシェリー酒を無理やりあおった。

イーフォが帰宅すると、セリーナは酔った勢いと深い悲しみのせいで振り返るなり言った。

「レイチェルのこと、どうして話してくれなかったの？　私に気を回させて楽しむなんてひどい」

「どう気を回したんだい、セリーナ？　私は誤解を招くようなことは何も言ってない」

彼はセリーナに近寄ってくすりと笑った。

「シェリー酒をやけ酒にしたね」

「もう、憎らしい人！」セリーナは言い放って部屋を出ていき、階段を駆け上がった。そして自分の寝室に入るとドアを勢いよく閉め、泣きながらベッドにつっぷした。

イーフォはしばらく立ったまま考え込んでいたが、急に嬉しそうな顔になった。彼は夕食のためダイニングルームへ行き、ウィムにセリーナの分をトレイにのせて寝室へ運んでやってくれと頼んだ。頭痛がするそうだからと。

ウィムはキッチンへ行ってエリーに指示を伝えてから言った。「見ててごらん、旦那《だんな》様と奥様はしばらく口をきかないよ。一週間分の給料をかけてもいい。

「たいしたことじゃないでしょ」エリーは言った。「私たちだって何べん喧嘩《けんか》したことか。それでもこうやって長年……何年になったかしらねえ」

ウィムは夕食のトレイをエリーから受け取り、妻のふっくらした頬にキスした。「来年で四十年だ」

彼はキッチンを出て二階へ行き、セリーナの部屋を軽くノックした。

食欲があるというのはこの場面にはそぐわないかもしれないが、セリーナは運ばれた夕食を残さずたいらげた。そのあと何もすることがないので熱いお風呂にゆっくりつかり、すぐにベッドに入った。そして瞬く間に眠りに落ちた。

朝食でイーフォと顔を合わせるのは気まずかったけれど、セリーナは勇気を奮ってチェックのスカートとカシミアのセーターに着替え、階下へ下りた。

彼女が席についたとき、イーフォが庭から入ってきて明るくおはようと言った。「頭痛はどうだい？

よく眠れたかい？」

「ええ、ぐっすりと丸太のように」セリーナは答えた。「ただし頭痛じゃなくて不機嫌だっただけ」

彼はトーストをセリーナのほうへ寄せた。「そういう正直さが君のいいところだ。だから単刀直入にきくよ。正直に答えて私をほっとさせてくれ。君はゆうべ、私を憎いと言ったが……」

彼はテーブル越しにセリーナを見つめた。笑ってこそいないが怒っているようにも見えない。

「あれは本意じゃないわ。ごめんなさい、気が動転したあまり、つい」

彼はほほえんだ。「気が動転か」

「イーフォ、あなたには誰かに感情をぶつけたくなったことってないの？」

「それはないが、怒りを感じることはある。だが抑える術も知っている。自制心は医療に携わる者にとって必須《ひっす》条件だ。昼食に戻るが、午後はお年寄りの婦人の往診がある。君も一緒に行くかい？」

「ええ、喜んで。場所はハーグなの？」

「いいや、彼女はライデンに住んでいる」イーフォの膝にパスが飛びのり、足下には犬たちが集まった。幸福な家庭を持つ男をまさに絵に描《か》いたようだ。彼は名実ともにそうなれる日を、セリーナがこの結婚に幸福を見いだしてくれる日を、辛抱強く待つ心構えだった。

また昔なじみの友人のような雰囲気に戻れたわ。セリーナは食事のメニューをエリーと話し合うため軽やかな気分でキッチンへ行った。

オランダ語はかなり上達していて、食べ物の名称もだいぶ覚えた。それにエリーは発音や文法の間違いを気にせず根気よく相手になってくれる。セリーナは毎朝エリーとおしゃべりするのが楽しみだった。メニューの打ち合わせがすむと犬の散歩に出かけ、戻ったあとはナニーに手紙を書いた。

ライデンまでは約十キロの道のりだった。高速道路なので途中の風景は楽しめなかったが、ライデンに着くと趣のある街のたたずまいに心を動かされた。イーフォは運河沿いの細い道に車を停《と》めた。あたりには昔をしのばせる切り妻造りの小さな家が軒を並べている。切り妻のデザインは家によってまちまちだけれど、壁のペンキはどれも素朴な色で、窓は気持ちよくぴかぴかに磨き上げられていた。

セリーナはイーフォと並んで玉石の小道を進んだ。イーフォが重いノッカーを叩《たた》くとすぐにドアが開き、グレーの髪をひっつめにした青い目の大柄な女性が出てきた。彼女はイーフォと言葉を交わし、握手のあとに二人を中へ招き入れた。

小さなホールの奥に急な狭い階段があった。その横の開いたドアから、家具でいっぱいの小さな部屋が見えた。どの家具にも写真や小さな陶器の置物がぎっしり並んでいる。部屋の中央に黒い服の小柄な老女が座っていた。丸顔で濃い色の小さな目、鼻はやや鉤鼻《かぎばな》で、白髪を頭の上で結っている。

イーフォは老女に近寄って頬にキスし、セリーナを紹介した。セリーナは小鳥の足のようにきゃしゃな老女の手を握り、オランダ語で挨拶した。老女はセリーナをじっくり眺め、イーフォに何か言った。イーフォは嬉しそうに笑ってセリーナのために椅子を引き寄せた。「ミセス・ボルトは君を絵のように美しいとほめてくれたよ、セリーナ。彼女に体調をたずねる必要があるから、しばらくオランダ語で話す。彼女はずっと昔、私の母のもとで働いてた人で、数年前に事故で腰と脚を骨折したんだ」

セリーナは椅子に座り、イーフォがミセス・ボルトに質問する静かな声に耳を傾け、彼の穏やかな表情を見つめた。彼に愛される日がいつか来るだろうか、と思いながら。さっきのグレーの髪の女性がトレイにお茶を運んできた。陶器のカップとソーサーはとても小さく、お茶は薄かった。ミルクも砂糖もなしだが、小さなビスケットの皿が添えてあった。

イーフォはミセス・ボルトの問診を終え、普通の世間話を始めた。セリーナもつたないオランダ語で会話に加わり、イーフォがセリーナとミセス・ボルトの橋渡し役をした。老女はセリーナを気に入った様子だった。イーフォとセリーナは帰り際、ミセス・ボルトの紙のように薄くかさかさした頬にキスした。

車に乗り込んでからイーフォが言った。「ミセス・ボルトは八十歳を超えているけれど、若いころのままの暮らしぶりだ。私の両親の家で五十年間住み込みで働いたあと、夫とこの家に隠居した。夫もうちの庭師だった。彼女が腰を怪我したのは一年ほど前だが、それまでは実に活動的な人だった」

「それだけに彼女から目が離せないのね」

「そのとおり。どうだい、小さくてなかなかかわいい家だったろう？」

「ええ、とっても。家具や雑貨がいっぱいで、まるで遊園地にいるみたい」

「どれも彼女が愛情を注いで大事にしている」

「あそこへは頻繁に訪ねてるの？」

「可能な限りね。君もまた来ないか？」

「ええ、もちろん。次までにもっとオランダ語がうまくなっていたいわ」

「今だってかなりのものだ」イーフォとセリーナは笑顔で見つめ合った。幸福の瞬間だった。

数日たって二人はイギリスへ行った。セリーナはナニーと会えるのが楽しみだったが、犬やパスと離れるのは寂しかった。快適で趣の漂う古い屋敷を離れるのも、そして友人たちと離れるのも。

「いい気分転換よ」出発前にクリスティーナにそう

言われた。「おみやげを楽しみにしてるわ」

イーフォは今回はロンドンのほかにリーズへも行くため、車を使えるようイギリスへはフェリーで渡った。フークの港を出てハリッジで下船すると、あっという間にイギリスだった。

セリーナのオランダへの里心は、ナニーと久々に再会するなり消し飛んだ。小さな馬屋を改造したコテージは以前と変わらず快適で、好天にも恵まれてとても幸せな気分だった。

イーフォはすぐに病院へ出かけた。セリーナに、夕食に戻るが明日は病院に一日中いなければならないと告げた。「君は明日はどうする予定だい？　着いた早々にほったらかしですまない」

「いいのよ。明日はクリスティーナへのおみやげを探すわ。あなたも何か欲しいものある？」

「いや、私はいいよ。ありがとう。君と観劇に行こうと思っているんだが、何がいいかな」

二人は話し合ってミュージカルに決めた。

「リーズでの用事がすんだら食事にも行こう」

それから数日間、彼とは朝食と夕食のとき以外はほとんど顔を合わせなかった。彼はロンドンの病院で手術や診察、同僚との会議などで多忙なスケジュールに追われた。だがミュージカルには予定どおり出かけた。セリーナは父と暮らしていたときは観劇どころではなかったので、最初から最後までわくわくしどおしだった。イーフォは子供のように熱中する彼女の表情に、舞台そっちのけで目を奪われた。

その翌日、彼は三日間の予定でリーズへ発《た》った。頬にキスして車で走り去る彼をセリーナは笑顔で見送った。そして家に入って自分の部屋に行き、少しの間さめざめと泣いた。理由は自分でもよくわからなかったが、泣いたほうがいいと思った。

顔を洗って化粧を直すと、ショッピングに行こうとナニーを誘った。ナニーはセリーナのまだ赤い鼻を見て何も言わず同意した。

二人はほぼ一日がかりでハロッズを満喫した。ナニーは流行《はやり》のファッションに目を見張り、食品売り場で大いに張りきった。セリーナはブラント家の子供たちにお菓子を、クリスティーナには美しいスカーフを買った。ウィムとエリー、そのほかの使用人らにもおみやげを探した。庭師のドームス老人には車に積める程度のラベンダーの鉢植えを選んだ。

二人ともくたびれたが満足して帰宅した。セリーナはイーフォのいない一日目がなんとか終わったことに心からほっとした。

イーフォが帰宅したとき、セリーナはナニーとキッチンにいた。ナニーはケーキ作りの最中で、セリーナはテーブルの上のボウルに入ったケーキ生地の残りを指ですくって味見しようとしていた。

セリーナはイーフォに気づくと喜びいさんで彼に走り寄った。だが彼が派手な歓迎のされ方が好きでないのを思いだし、急に立ち止まった。それからにっこりほほえみ、朗らかに言った。

「おかえりなさい、イーフォ。おなかがすいてるんじゃない？　あと一時間くらいでお茶だけど、よかったら今すぐ何か軽食を用意するわ」

イーフォはセリーナにキスしなかった。そのわけは、キスだけでやめる自信がなかったからだった。

「ただいま、セリーナ。ただいま、ナニー。お茶の時間まで待つよ。向こうを出る前に簡単に腹ごしらえしたんだ。郵便物に目を通して何本か電話をかけるから、一時間ほど書斎にいる」

彼は笑顔でキッチンを出ていき、ホールの向かいの部屋へ入った。ドアの閉まる音がした。

これからもずっとこの調子なのね、とセリーナは思った。彼は私の目の前で、静かだがきっぱりとドアを閉ざす。セリーナはナニーを手伝ってキッチンを片づけたあと応接間へ行き、持ってきた編み物を広げた。ちょうど複雑な部分に差しかかっていて、目数を間違えないよう頭を集中させた。

イーフォが部屋に入ってきたときもセリーナは編み物に熱中していた。彼女はふと顔を上げ、長年連れ添った妻のようにイーフォを穏やかに見た。イーフォはセリーナを妻の理想そのものだと思った。可憐《かれん》でけなげで賢い妻。結婚したときこそ私を愛してはいなかったかもしれないが、ときおり期待を抱かせてくれるような表情をみせる。彼女が新しい生活にしっかりと根を下ろすまで辛抱強く待とう。イーフォはあらためてそう心に誓った。

「買い物へ出かけたのかい？」

「ええ、ナニーと一緒に。すごく楽しかった。ハロッズの食品売り場では二人ともよだれを垂らさんばかりだったわ。私、ドレスを二着買ったの。近いうちに着られるチャンスがあるといいけど」

「明日はどうだい？　外で夕食をとろう。それから土曜の晩はダンスだ。これでドレスを二着とも試せるね」彼はそう言ってほほえんだ。

翌日、二人はリッツ・ホテルへ出かけた。セリーナは新しく買ったドレスを着て豪勢な食事を楽しんだ。ロブスターのゼリー寄せ、ほうれん草とくるみのサラダ、ラムのランプステーキ、フルーツとアイスクリームの盛り合わせ。コーヒーを飲みながらセリーナは幸せな気分で言った。「天国みたいな場所ね。あなたはよくここを利用するの？」

「いいや。とっておきの場合だけだ」

「今夜はそのとっておきの場合？」

「そうだよ。君はそうは思わないかい？」

セリーナはイーフォの言葉の意味を図りかね、公園に面した窓に視線を移した。そのうちにふっとあることを思いついた。「もしかしたら今日はあなたの誕生日？　考えてみたら、あなたの誕生日がいつなのか知らなかった。ごめんなさい」

「心配しないでくれ、今日は違うから。ところで三日後にオランダへ戻る予定だ。明日の晩は会議で遅くなるが、あさっての晩はクラリッジ・ホテルへ行こう。どうだい？」

「賛成よ」セリーナは彼をテーブル越しに見つめた。「そこもここに負けないくらいすてき？」

「ああ、もちろん。疲れたかい？」

「いいえ、全然。でもあなたは昼間も仕事だったから、そろそろ家に帰りましょうか。とてもすばらしい食事だったわ。ありがとう」

「いや、私はまだまだ平気だ。少し外をぶらぶらしないか？ 川辺を散歩して車まで引き返そう」

気持ちのいい晩だった。月や星がさえざえと輝き、空気は冷たく澄んでいた。薄手のコートをはおっていてちょうどだった。エンバンクメントは格好の散歩道で、テムズ川の水面に反射した街灯や家の明かりがえもいわれぬ美しさだった。二人は腕を組んで歩いた。言葉はないが、沈黙の中に平和が満ちていた。セリーナは幸福感をかみしめ、このひとときが永遠に続きますようにと祈った。今ここにあるものこそ完璧《かんぺき》な人生だと思った。

二人は家に帰ると、キッチンでナニーが保温しておいてくれたコーヒーを飲んだ。それからセリーナは席を立ち、イーフォの頬にそっとキスした。

「今夜はありがとう、イーフォ。クラリッジ・ホテルも楽しみにしてるわ。明日の朝は早いの？」

「ああ。八時に予定が入ってる。お茶の時間までには戻るよ」

イーフォはセリーナのためにドアを開けた。彼女がそばを通るとき、ほのかに香水が漂った。イーフォはセリーナの頭のてっぺんに素早くキスした。彼女が気づかないほど軽くやさしいキスだった。

翌日の午前中、セリーナはナニーに代わって食料品を買いに行き、午後は一人で散歩に出た。イーフオはお茶の時間に戻るから、そのあとは一緒にのんびり過ごせる。そう思うと自然に笑みがこぼれ、道行く人々が幸福そうなセリーナを振り返った。

お茶のときにセリーナはイーフォにきいた。「夕食は何時ごろがいい？」

「いや、今夜は病院で会議があるから、その前にメンバーと食事する予定なんだ」彼は腕時計を見やった。「そろそろ着替えて出かけないと」

「帰りは遅くなりそうね」

「ああ、たぶん」彼はがっかりした顔のセリーナに言った。「起きて待ってなくていいよ。朝食のときに会おう」

セリーナは彼を笑顔で見送った。帰るための荷造りをそろそろ始めるわ、と元気なふりをした。

その寂しさは翌日のクラリッジ・ホテルで充分に埋め合わされた。リッツと同様に立派なレストランで、料理もすばらしかった。食事のあとは深夜までダンスを楽しんだ。その晩、セリーナはベッドに入ってからも興奮して寝つけなかった。彼女にとって忘れえぬ幸福な思い出がまた一つ増えた。

二人はナニーとの別れを惜しみながらオランダへ発った。車でハリッジの港へ向かう途中、イーフォはセリーナにきいた。「お兄さんたちに連絡は？　もう結婚は知らせたのかい？」

顔を見に行かなくてよかったのかい？　もう結婚して新しい生活にだいぶ慣れたんだ、彼らも多少は見方を変えるかもしれない」

私はまだ慣れてないわ。セリーナはイーフォの静かな横顔に答えた。「二人には電話してみたけど、相変わらず迷惑そうだった。当分はまだ会いに行かないほうがよさそう」

ヘンリーは言うまでもなく、マシューにまで一家の恥さらしのような言われ方をした。

「兄から聞いたんだけど、グレゴリーが結婚したそうよ。ヨーヴィルの市長の娘と。今ごろは彼、私を捨ててよかったとほっとしてるでしょうね」

イーフォの手がセリーナの膝にそっと置かれた。

「彼がそうしてくれて私もほっとしてるよ」

フェリーは定刻にオランダに到着した。二人は家に戻ると、ウィムが用意してくれた軽食を食べた。そのあとイーフォは、明朝は病院だから準備のためしばらく書斎にいると言った。セリーナは良き妻でいようと笑顔でおやすみを言い、パスを抱いてとぼとぼと二階へ上がった。荷物をほどき、入浴のあとベッドに入った。孤独だった。愛する気持ちを相手に伝えられない。それが孤独感をいっそう深くしていた。寝つけないまま真夜中を過ぎ、イーフォが寝室へ上がってくる音が聞こえた。

翌日からは再び忙しい日常が始まった。

セリーナはさっそくクリスティーナを訪ね、買ってきたおみやげを渡した。新たに慈善活動のしおり売りと、孤児を援助するためのバザーを手伝うことになった。クリスティーナの子供たちが演奏するコンサートにも誘われた。彼女の家を出て、トラムに乗ってスヘフェニンヘンへ行き、散策路をくたくたになるまで歩いた。海浜は大勢の人でにぎわっていた。自宅に帰ると一人きりで昼食をとり、犬たちを散歩に連れていった。

イーフォが夕方近くに帰宅したとき、セリーナは応接間でセーターの残りの袖《そで》を編んでいた。もうじき完成だが、あまり満足のいくできばえではなかった。次はダイニングルームの椅子カバーにでも挑戦しようかしら。一生かかりそうだけど。

数日後、セリーナはハーグへ行ってしおりと集金箱を手に受け持ちの場所へ行った。書店の前なのでウインドーの新刊を眺められた。教わったとおり通りがかりの人々の注意を引くため、にっこり笑って集金箱をかたかた鳴らした。気分がよかった。晴れた冬の朝、にぎやかな都会の喧騒《けんそう》。お昼はクリスティーナの家へ行き、互いの売り上げ金を比べ合った。

ディルク・フェルトが偶然通りかかった午前中も、売れ行きは上々だった。

「セリーナじゃないか。僕もしおりを買おう。それならおしゃべりにつき合ってくれるだろう？」

セリーナはしおりを一枚差しだした。「今日は病院の仕事は？」

「腹が減っては戦はできぬ。昼休みさ」彼は笑った。「一緒にどうだい？ この先に小さなレストランがある。舌平目のクリームソースは絶品だよ」

「せっかくだけど、あと一時間ほどここにいなくてはいけないし、昼食はミセス・ブラントの家へ行く約束なの。しおりの代金をいただける？」

彼は肩をすくめ、ポケットからお金を出した。

「簡単にはあきらめないよ。君はそのつれない態度の裏に情熱を隠し持っているはずだ」

「残念でした、大はずれ。そろそろ舌平目の料理を楽しみに行ったら？ それを分かち合う女性はどこかほかの場所で見つけて」

別れの挨拶代わりにセリーナはにっこりとほほえんだ。ちょうどその横を、病院へ向かう途中のイーフォの車が通りかかった。彼の胸に自制心をつき崩しそうなほど激しい嫉妬《しっと》がわいた。

イーフォはその日、午後遅く帰宅した。セリーナは応接間でお茶を飲んでいた。

セリーナは笑顔でおかえりなさいと言った。「クリスティーナのところで長々とお昼を食べてたから、今ごろになってお茶なの。あなたもどう？ 今日は割り当て分のしおりが全部売れたのよ」

イーフォは椅子に座って、お茶はいらないと答えた。それから、楽しかったかいとたずねた。

「ええ。みんなとても寛大ね。ディルク・フェルトも通りがかりに一枚買ってくれたの。昼食に誘われたわ」

イーフォは安堵《あんど》のため息をついた。セリーナが自分からディルクのことを話してくれた。

「なぜ応じなかったんだい？　彼は気さくでおもしろいだろう？」

セリーナは頬を赤く染めた。「初めて会ったときはいい人だなと思ったわ。知り合いのいない私に気軽に話しかけてくれたから。それまでは社交生活とは無縁の暮らしで、心細くてたまらなかった。でも今は違う。友人が大勢できて、慈善活動やいろいろな集まりに参加させてもらって、やっと自分の居場所を見つけた感じ」いったん言葉を切った。「そうしたらディルクにあまり好感を持ってないと気づいたの。これからも顔を合わせることはあっても、親しくおつき合いするつもりはないわ」

イーフォは、自分の居場所を見つけたというセリーナの言葉が嬉しかった。彼女は幸福な毎日を送っていて、みんなから愛されている。今こそ彼女に自分の気持ちを告白すべきだ。

「セリーナ、私は――」

突然電話が鳴り、イーフォの言葉をさえぎった。彼はすぐに受話器を取った。二言三言、言葉が交わされた。セリーナはもうだいぶオランダ語がわかるようになっていたので、緊急の用件だとすぐに察した。彼は受話器を置き、緊急手術が入ったので病院へ戻ると言った。「気をつけて行ってきて、イーフォ。成功を祈ってるわ」

彼はセリーナの横で立ち止まり、頬にキスした。セリーナはほほえみながら、彼はさっき何を言いかけたのだろうと思った。

夜になって病院のイーフォから電話があった。帰宅が遅くなるので夕食は先にすませてくれ、明日の朝食の席で会おう、と言った。

セリーナは彼の時間を無駄にしないよう質問を控えた。明日の朝、彼からゆっくり話してもらえばいい。彼が一日の仕事について報告してくれるのは今では日課になっている。セリーナも彼のために少しでも知識を増やそうと、難解な専門用語を図書室で何時間もかけて調べている。

夕食後は手紙を書いた。ナニーには話題満載で、二人の兄には義務的に短く。終わると十一時近かった。いったん寝室へ上がったが、急に気が変わって化粧ガウンのまま階下へ行き、渋るウィムを説得してイーフォの帰りを待つことにした。

ホールとキッチン以外は消灯された。セリーナはキッチンでエリーの料理書を眺めることにした。

室内は暖かく、食器棚の横の掛け時計が単調に時を刻んでいる。犬たちはバスケットの中で静かな寝息をたて、パスはセリーナの膝で丸まり、コーヒーの香りとオーブンの中の料理の匂《にお》いがまざり合っている。セリーナは満足感に浸って辛抱強く待った。少しも眠くなかった。イーフォは帰ったら喜んで病院のことを話してくれる。そう信じていた。

一時間後、イーフォがキッチンの入口に現れ、驚いた顔でセリーナを見た。

セリーナはパスを静かに床に下ろし、椅子から立ち上がった。「眠くなかったから起きて待ってることにしたの。オーブンに夕食が温めてあるわ。コーヒーも。手術はうまくいった？」

彼が入ってきた。「ああ、今のところは。セリーナ、起きて待っている必要はないんだよ」

「でも、何か食べるかもしれないと思って……」

「病院ですませた。さあ、もう寝なさい。私はまだ調べものがあるからすぐに書斎へ行く」

「コーヒーはまだ温かいわ。気が向いたらどうぞ。じゃ、おやすみなさい」努めて明るく言った。

だが一人きりになると、頬を涙が伝うのも構わず心の中で誓った。私が間違っていた。二度とこんなことはよそう。

9

セリーナはイーフォに避けられている気がした。二人きりの朝食で、友人を交えての夕食で、犬たちの散歩で、たまに出かける観劇で。もちろん表向きの彼はいつもと変わらず穏やかだが、セリーナはその裏に無視しえないよそよそしさを感じた。私ほど結婚した実感を持たない女性はいない、と彼女は思った。イーフォはあたりさわりのない話題を選び、互いの関係についてはいっさい触れようとしない。夕食後も書斎にこもることが多く、仕事が忙しいとはいえ口実に思えてならなかった。友人たちとの夕食も二人きりになるのを避けるためかもしれない。だとしたら、理由はなんだろう。彼は私に対してそれなりの好意があったからこそ結婚を決めたはずだ。レイチェルのことで勘ぐる必要はなくなったとはいえ、まだ別の女性がいるのだろうか。いいえ、それよりむしろ私にどこか彼をうんざりさせる部分があるに違いない。それについては彼にじかにきくしかないだろう。

ある晩、セリーナはそれを実行に移すことにした。夕食後に応接間で一時間ほど休んだあと、イーフォは読んでいた新聞を置いて言った。「それじゃ、私は調べものがあるから……」

「その前にききたいことがあるの」セリーナは落ち着いた態度で切りだしたが、彼の視線を受けてたちまち後悔を覚えた。

「なんだい？」彼の声はあくまで穏やかだ。

セリーナはあらためて意を決し、編み物を置いてイーフォを見つめ返した。

「私たち、最近なんだかぎくしゃくしてない？　私があなたを困らせるようなことをしたならそう言って。一緒に外出したときの私の態度や服装が気に入らなかった？　直したいからはっきり教えて」差し迫った口調になった。「このところあなたは私を避けてるわ。なんていうか……説明が難しいけど」イーフォが無言なのでつけ加えた。「あなたの生活を邪魔するつもりはないの。それも結婚条件の一部だと理解してるわ。友人として良き伴侶《はんりょ》として、でも現実の妻としてではなく、でしょう？　その意味では今もうまくいってると思ってるわ」

「一つききたいんだが、君は本当にこの結婚に満足してるのかい、セリーナ？」

彼は怒っているふうはなく、ただ知りたくてきいている様子だった。

いいえ！　セリーナは彼に向かってそう叫びたかった。満足なはずがない。彼をこんなに愛しているのに。でもこれから先の長い年月を考えると、今ここで彼に本心を伝えることはできない。

「ええ、満足よ」心にもない自分の言葉にセリーナは動揺した。

イーフォは立ち上がってセリーナの正面へ行った。セリーナが見上げると彼はほほえんだ。

「だが私はね、セリーナ……」電話が鳴った。

彼にしてはめずらしくオランダ語で小さく悪態をついた。だが電話に出たときにはもう落ち着き払っていた。彼は相手の言葉に短く答え、受話器を置いた。

「急用だ。すぐに出かける」セリーナが口を開くのを待たず彼は部屋を出ていった。

セリーナは彼の帰宅を待つつもりだった。たぶん一時間くらいだろう。氷がいったん割れれば互いに向き合って話せる。少なくとも私はそのつもりだ。でも私の意図は彼に通じただろうか。結婚生活に満足か、という彼の問いはあまりに唐突だ。

掛け時計が十一時を知らせたとき、セリーナは今日はあきらめようと決心した。彼は口をききたくないほど疲れて帰ってくるだろう。明日の朝にしよう。

だが翌朝、朝食の席でセリーナはイーフォがそういう状態でないと悟った。身なりはこざっぱりしているが、顔に憔悴《しょうすい》がどんよりと残っている。

「ゆうべは眠れたの？」セリーナは心配した。

「ああ、二時間くらいね。帰ってきた音で君を起こさなかったかな」

彼は普段と変わらず天気のことを口にしながらセリーナにトーストを勧めた。

「いいえ、少しも気づかなかったわ。今日は忙しいの？　少しは休憩できそう？」

「いいや。午前は外来診察、午後はライデンで手術だ」イーフォは郵便物をかき集めてテーブルから立ち上がった。「お茶の時間には戻るよ」

横を通り過ぎるときにセリーナの肩に軽く手を置いた。

「じゃ、行ってくる。楽しい一日を」

楽しめるはずなどなかった。セリーナは頭痛がしてくるほどもんもんと思い悩んだ。

それでもドームスと庭で過ごすうちにだいぶ気分がよくなった。互いに言葉はあまり通じないが、協力して作業にあたった。移植や剪定《せんてい》をするドームスの横で、セリーナは雑草抜きや間引きなどの単純作業を受け持った。家の中へ入ってからは翌日のオランダ語のレッスンのため予習に精を出した。そのあとクリスティーナから電話があり、今度開かれる市長夫人のパーティーを話題に楽しく雑談した。だが受話器を置いたとき、セリーナはなんだか本当の自分らしくない気がした。

イーフォも帰宅して同じことを感じた。普段は応接間で静かに過ごしているセリーナが、今日は不自然なほどおしゃべりだった。彼の返事や意見を待たず一方的に話し続けた。彼女は深刻な話をする気分ではないらしい、とイーフォは思った。

その状態は数日間続いた。セリーナはおしゃべりの殻に隠れたままイーフォの気に入るよう家庭に気を配った。彼が自宅へ同僚を伴って帰宅すれば、いそいそと明るくもてなした。それでも殻は存在し続けた。有刺鉄線をめぐらした分厚い塀のように。

そんな状況に二人が長く耐えられるはずはなかった。イーフォは今の状態にピリオドを打とうと決めた。彼の真の望みはいつの日かセリーナに愛されることだが、それは急速に薄れかけていた。それでもいい、自分の気持ちをセリーナに伝えたい。だがそうしたら彼女は結婚を打ちきりたがるだろうか。その決断は彼女にとっても決して嬉《うれ》しいことではないはずだ。迷い、揺れ動くうちに機会を逸し、やがて市長夫人のパーティー当日になった。

イーフォとセリーナは表面にぎくしゃくしたところをみじんも出さず、周囲が期待するとおりの仲むつまじい幸福な新婚夫婦を演じた。だがクリスティーナだけはセリーナの目の下のやつれやイーフォのぎこちない態度を見抜いた。

クリスティーナはその晩寝室で、夫のデュエルトに言った。「あの二人は絶対に何か悩みを抱えているわ。直感でわかるの」

「だとしてもそっとしておいてやろう。成り行きまかせもときには大事だ」

結局は彼の言うとおりになった。

数日が過ぎても、セリーナはまだイーフォとじっくり話すチャンスを得られずにいた。彼は連日連夜仕事に追われ、病院に泊まり込むことすらあり、夜遅く帰宅することもしばしばだった。相変わらず朗らかな態度でセリーナに一日の出来事やオランダ語のレッスンの調子などをたずねたが、セリーナがそれに答える時間はあまりに限られていた。

ある夜彼は、明朝ルクセンブルクへ行くとセリーナに告げた。ある高名な人物の手術を依頼されたのだと。「さほど難しい手術ではないから、順調にいけば明日の晩かあさっての朝には戻る。詳しくわかりしだい電話するよ」

彼は頬に軽くキスして家を出た。

その晩彼から電話があり、予想より長くかかりそうなので帰宅は明日の晩になる、と言われた。

セリーナは早めにベッドに入ったが、朝になるまで寝つけなかった。起きたときは全身がだるかった。イーフォが帰ってくるまでの空虚な一日をどう埋めよう。またスヘフェニンヘンの海岸へ行こうかしら。その心づもりで早めに朝食をとり、犬の散歩に出た。家に戻るとクリスティーナから電話があった。ハーグに新設された青少年福祉センターへ、急用ができた自分の代わりに手伝いに行ってほしいと言われた。センターでは職にあぶれて路上でぶらぶらしている若者たちに昼食を無料で配ることになり、そのための人手がいるそうだ。

セリーナはすぐに引き受け、ウィムを捜した。そして外出の目的を説明し、彼に現地まで車で送ってくれないかと頼んだ。

ウィムは返事を渋った。センターの場所は貧民地区にあるため、旦那《だんな》様がいらしたらお許しにならないかもしれないからと。

「知り合いの奥さんたちも一緒だし、ほんの数時間なのよ、ウィム。お茶の時間までには戻るわ」

センター周辺の殺伐とした環境についてはセリーナもウィムに同感せざるをえなかった。みすぼらしい家がひしめき合う雑然とした通りで、家々の窓の多くはガラスでなく板が打ちつけてあった。

ウィムはあたりを見回して苦い顔をした。「ここにはヨーロッパ各地から不法移民が集まってるんです。子供連れのうえ働き口がないらしい」

だがセンター内できちんとした身なりの婦人らが忙しそうに働いているのを見て、ウィムは多少安心した様子だった。「ね、わかったでしょう?」セリーナは言った。「知り合いが大勢来てるから、帰りは誰かに送ってもらえるわ。心配しないで」

セリーナはドアを入ったとたんエプロンを押しつけられた。当然ながら采配《さいはい》をふるっているのは市長夫人だ。セリーナはメインルームに用意された長いカウンターの一つへ案内された。セリーナがカウンターの前に立つが早いか玄関のドアが開き、人々がどっとなだれ込んできた。予想していた若者だけでなく、年寄りや小さな子供を連れた母親もいる。セリーナはスープをボウルにすくい、パンとコーヒーと一緒に配った。ほかの手伝いの人たちと言葉を交わす暇がまったくないので不安だった。

人々はひっきりなしに来た。若者たちの中には二度もらいに来る者もいたが、食べ物が残っているうちはべつにいいだろうとセリーナは思った。市長の妻が各カウンターを見回り、一人に対し二回以上配らないようにとセリーナに注意した。セリーナはおとなしくはいと答えておき、見るからに空腹そうな大柄な若者に二杯目のスープを大盛りにした。

手伝いの婦人たちは順番に持ち場を離れ、奥の部屋で休憩をとった。だがセリーナは休みなく作業を続けた。食べ物はしだいになくなり、時刻も正午を過ぎた。人々の列は減っていたけれども、幼児や赤ん坊を抱いた若い母親はまだ大勢いた。

今日は初日なので特別だが、明日からの給食サービスは就学年齢の児童とティーンエイジャーに限定される。年寄りや幼児は対象外なわけだ。セリーナは最後のスープと最後のパンを配り終えた。コーヒーはとうの昔に底をついていた。

手伝いの人たちは口々に労をねぎらい、帰り支度を始めていた。後片づけは明日の朝、ボランティアの人たちがやってくれるそうだ。一人また一人と、婦人たちが足早に出口へ向かった。

セリーナは郊外に住む女性に送ってもらう約束だった。家の中をいつもきちんとしておきたいセリーナとしては、使い終わったカップや食べかすをそのままにしておくのは気が引けた。でも後片づけの人たちが来るそうだし……。後ろ髪を引かれる思いで残り少なくなった人々とともに出口へ急いだ。が、ドアの前ではっと立ち止まった。部屋の隅の暗がりに包みのようなものが置いてある。胸騒ぎがしてそばへ寄ってみると、よちよち歩きより少し大きい男の子だった。カールした黒髪に浅黒い肌、汚れた顔と手。男の子はすやすや眠っていた。

部屋にはもうセリーナを送ってくれる女性しか残っていなかった。彼女がそばへやって来た。

「この子をほうったまま行くわけにはいかないわ」セリーナは言った。「母親が気が変わって戻ってくるかもしれないし。この子、オランダ人ではないんでしょう?」

「違うわ。たぶんボスニア人よ。この辺にはボスニア人女性がたくさんいて、ほとんどが乳飲み子を抱えてるの。警察を呼んだほうがいいわね。帰りにクリスティーナの家に寄って、そこから通報してもらうわ」

彼女は気づかわしげにセリーナを見た。

「この子と一緒にここに残ってもらえる? 私は家に子供たちを置いてきたから早く帰らないと……」

「ええ、いいわよ。私がここにいると知ればクリスティーナが迎えに来てくれるわ。それに、この子の母親がすぐ戻ってくるかもしれないから」

「じゃ、私は行くわね。ドアに鍵《かぎ》をかけておいてくれる?」

「でも、母親が来てここに誰もいないとあきらめてしまうといけないから、かけずにおくわ」

彼女は急いで去っていき、室内はとたんにがらんとした。セリーナはそばへ寄って子供を見た。こんこんと眠っている。奥の部屋から木の椅子を見つけ出し、それを運んできた。子供はびっくりするほど重かった。幸い椅子は頑丈そうだった。セリーナは子供を膝に抱えて椅子に座り、そう長い時間ではないからと自分に言い聞かせた。

三十分、そして一時間がたった。母親が戻ってくる気配のないまま、とうとう男の子が目を覚まし、大声で泣き始めた。しかもセリーナのわからない言葉でわめき散らしている。オランダ語でないことは確かだ。英語で話しかけたがだめだった。この子が本当にボスニア人ならお手上げだ。途方にくれて知っている子守歌を口ずさむと、その間だけは泣きやんでくれた。あいにくここには食べ物も飲み物もない。小さなキッチンの水道だけだ。何か探してこようと子供を下ろそうとしたが、再び泣き声が大きくなったのであきらめた。

「警察がもうすぐ来るわ」セリーナは子供に話しかけながら懸命に自分を励ました。

クリスティーナの家へ寄って、そこから警察に通報してもらうと約束した女性は、すでに自宅に帰り着いていた。クリスティーナの家へ遠回りして寄ったものの留守だったので、使用人に伝言を残すより自分で自宅から警察に電話することにした。ところが自宅に着くと子供の一人が膝の切り傷のことで大騒ぎしていて、おかげで何もかも忘れてしまった。もちろんセリーナはそんなこととはつゆ知らず――知らなくて幸いだったかもしれない――ひたすら警察の到着を待っていた。

さらに一時間が過ぎ、子供は泣き疲れて再び寝入った。セリーナは何かいい方法はないかと必死で考えた。外の通りからときおり小さな物音が聞こえる。声を出して助けを呼んだが、答えてくれる者はいなかった。かといって通りをうろうろしながら一軒一軒訪ね歩き、言葉の通じない相手に事態を説明する勇気はなかった。自分がその子を誘拐したと思われかねない。かなり困った状況ではあるけれど、いずれ警察とクリスティーナが駆けつけてくれる。このままあと一時間待ってみよう。それで誰も来てくれなかったら、そのときは誰かに助けを求めに行こう。この男の子はおとなしいとは言いがたいから、かなり苦労しそうだが。

その子が再び目を覚まし、火がついたように泣き始めた。おまけにおもらしをして食べたものを吐き、セリーナのスカートをぐしょぐしょに汚した。

イーフォが夕方帰宅すると、応接間には誰もいなかった。そこへウィムが慌ててやって来た。

「奥様は今朝、新しくできた市内の青少年福祉センターへ手伝いに出かけました。私が車で送っていきました。物騒な地域なので反対したんですが、帰りは知り合いのどなたかに送ってもらうから心配ないとおっしゃって。お茶の時間には戻るとのことでしたが、いったいどうしたんでしょう」

「誰かとお茶でも飲んでるんだよ、ウィム」

「旦那様のお帰りがわかっている日に奥様がそんなことをなさるはずありません」

「では、彼女の知り合いに電話してどこにいるか確かめよう」

最初にクリスティーナにかけたが留守だった。そのあと数人に電話し、セリーナが確かにセンターに来ていたことがわかった。クリスティーナに再びかけると今度はちょうど帰宅したところだった。「私あてに伝言はないかきいてみるから待って」

彼女はすぐに電話口に戻った。

「うちのアンナがミセス・スロットが訪ねてきたと言ってるわ。私に何か伝言があったらしいけど、時間がないからとそのまま帰ったそうよ。これからミセス・スロットに電話して確認してみるわ」

イーフォがじりじりした思いで待っていると、数分してクリスティーナから電話があった。

「まったくなんて人なのかしら。ミセス・スロットは忘れてたって言うのよ。セリーナは帰りがけにセンターの中に子供が置き去りにされてるのを見つけて、母親が戻ったときのために子供と一緒に残ったそうよ。ミセス・スロットは私から警察に連絡してもらうつもりが、家庭内の取るに足らない騒ぎですっかり忘れてしまったらしいわ」

「ありがとう、クリスティーナ。すぐに警察に連絡してセンターへ向かう」

「警察へは私が知らせるわ。あなたはすぐにセリーナのところへ行ってあげて」

イーフォはウィムに一声かけて家を飛びだした。車に乗ると悪魔に追い立てられるように猛スピードで飛ばしたが、センターのドアをくぐるときには普段の落ち着いた彼に戻っていた。

セリーナの姿がすぐさま目に飛び込んできた。眠っている子供を膝に抱いて座っていた。イーフォを見るなりセリーナの表情は喜びに輝き、疲れ果てた声で彼に嬉しそうに呼びかけた。イーフォはまっすぐそばへ走り寄り、セリーナと男の子を自分の両腕に抱き寄せた。

彼は黙ってセリーナに唇を重ねた。

「イーフォ」セリーナはつぶやき、彼にお返しのキスをした。「この子、具合が悪いみたいで私の服に吐いてしまったの」

「それより私の愛するセリーナ、君は大丈夫なのかい？　どんなにか心細かったろうに」

「最初はそうでもなかったけど、だんだん不安になってきたわ。でもそうしたらあなたが来てくれた。待っててイーフォ、今なんて言ったの？　愛するセリーナって呼んでくれた？　ねえ、それ本心？」

「もちろんだとも。君を初めて見た瞬間から心の中で君をそう呼んで……」ちょうどそこへ二人の警官が入ってきた。

　イーフォはセリーナをそっと椅子に座らせ、男の子を抱き上げた。セリーナは自分の服が放つ悪臭にもかかわらず不思議と幸せな気分だった。イーフォが警官に事情を説明する声にじっと耳を傾けた。彼は子供を警官の一人に渡して、もう一人の警官とセリーナのほうへやって来た。その警官は英語がわかり、セリーナが言葉につまればイーフォがやさしく横から助けてくれた。間もなく事情聴取が終わり、警官たちは子供を連れて引きあげていった。

「さあ、家に帰ろう」イーフォが言った。「ここを戸締まりして、鍵をクリスティーナに返すことになっている」彼は手を差しだした。「おいで、私のいとしいセリーナ」

　セリーナは自分の汚れた服を見下ろした。「どうしたらいいかしら。車が汚れるわ」

「脱いでしまおう」

　言うが早いか彼の手がワンピースを脱がせ、セリーナの体を自分のコートでくるんだ。彼女はわけのわからないまま車へ急がされ、センターをあとにした。ハンドルを握っているイーフォの横で、セリーナは薄い下着一枚に彼のコートをはおっている状態がとても当たり前で自然に思えた。

　クリスティーナの家に寄って鍵を返したあと自宅へ帰り着いた。ドアを開けたウィムは一目で事情を察し、静かにキッチンへ退いた。「お二人とも夕食は当分いらないと思うよ」ウィムは妻のエリーにいたずらっぽく言った。

　階段へ向かいかけたセリーナをイーフォが素早く抱きしめた。セリーナは汚れた顔とくしゃくしゃの髪のまま彼の温かい抱擁に身を任せた。何にも代えがたい貴重な瞬間に思えた。

「君を美しいと言ったこと、あったかな」イーフォがささやいた。「それから、君を気も狂わんばかりに愛していると言ったことは？」

「ないわ」セリーナは答えた。「でも今言ってくれた。ありがとう、イーフォ。でも少しだけ待って。私がお風呂に入ってきれいな服に着替えるまで」

彼はため息をついた。「これまで長すぎるほど待ったんだ。あと数分くらいなんでもない」

セリーナは背伸びして彼にキスした。「私も愛してるわ」輝く瞳が彼を見つめた。「これからはずっと幸せに暮らせるのね」

彼の熱い口づけが、セリーナが望んだとおりの返事を繰り返した。

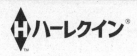

ハーレクイン・ロマンス　2001年1月刊（R-1644）

ときめきの丘で
2024年8月5日発行

著　　者　　ベティ・ニールズ
訳　　者　　駒月雅子（こまつき　まさこ）

発 行 人　　鈴木幸辰
発 行 所　　株式会社ハーパーコリンズ・ジャパン
東京都千代田区大手町 1-5-1
電話 04-2951-2000（注文）
0570-008091（読者サービス係）

印刷・製本　　大日本印刷株式会社
東京都新宿区市谷加賀町 1-1-1

ISBN978-4-596-63905-9 C0297

8月9日発売 ハーレクイン・シリーズ 8月20日刊

ハーレクイン・ロマンス

愛の激しさを知る

王の求婚を拒んだシンデレラ《純潔のシンデレラ》	ジャッキー・アシェンデン／雪美月志音 訳	R-3897
ドクターと悪女《伝説の名作選》	キャサリン・スペンサー／高杉啓子 訳	R-3898
招かれざる愛人《伝説の名作選》	スーザン・スティーヴンス／小長光弘美 訳	R-3899
世界一の大富豪はまだ愛を知らない	リン・グレアム／中野　恵 訳	R-3900

ハーレクイン・イマージュ

ピュアな思いに満たされる

大富豪と孤独な蝶の恋	ケイト・ヒューイット／西江璃子 訳	I-2815
愛の岐路《至福の名作選》	エマ・ダーシー／霜月　桂 訳	I-2816

ハーレクイン・マスターピース

世界に愛された作家たち
〜永久不滅の銘作コレクション〜

オーガスタに花を《ベティ・ニールズ・コレクション》	ベティ・ニールズ／山本みと 訳	MP-100

ハーレクイン・プレゼンツ作家シリーズ別冊

魅惑のテーマが光る
極上セレクション

もう一度恋して	レベッカ・ウインターズ／矢部真理 訳	PB-391

ハーレクイン・スペシャル・アンソロジー

小さな愛のドラマを花束にして…

愛は心の瞳で、心の声で《スター作家傑作選》	ダイアナ・パーマー 他／宮崎亜美 他 訳	HPA-61

文庫サイズ作品のご案内

◆ハーレクイン文庫・・・・・・・・・・・・・毎月1日刊行
◆ハーレクインSP文庫・・・・・・・・・・・毎月15日刊行
◆mirabooks・・・・・・・・・・・・・・・・・毎月15日刊行

※文庫コーナーでお求めください。

9784596639059
ISBN978-4-596-63905-9
C0297 ¥673E
1920297006730
定価 740円
（本体 673円＋税10％）

ハーレクイン公式ウェブサイト
www.harlequin.co.jp

Harlequin 45th Anniversary

たとえ友情でもかまわない——
あな

掃除、洗 ながら、
セリー をしてきた。
26歳の と、
いつも がいた。
なぜか じるが、
気づけ た。
その後 た医師、
ファンドーレンを見て、彼女は驚く——丘の上の想い人だった！
父の死後に家を失い、仕事もなく追いつめられたセリーナは、
ファンドーレンから思いがけず“友情結婚”を申し込まれて……。

貧しくとも純粋で気高い心を持つヒロイン。ヒーローと結婚したものの、友情だけでは満たされなくなり、彼を愛し始めていることに気がついて……。大スター作家ベティ・ニールズの真骨頂！　切ないシンデレラ・ロマンスをお楽しみください。

ハーレクイン®
R
3895

ハーパーコリンズ・ジャパン

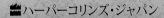